내가 제일 잘 나가는 재벌이다

봉황송 현대판타지 장편소설

내가 제일 잘나가는 재벌이다 16

초판 1쇄 발행 2025년 1월 17일

지은이 ㅣ 봉황송
발행인 ㅣ 최원영
편집장 ㅣ 이호준
편집디자인 ㅣ 박민솔
영업 ㅣ 김민원 조은걸

펴낸곳 ㅣ ㈜ 디앤씨미디어
등록 ㅣ 2002년 4월 25일 제20-260호
주소 ㅣ 서울시 구로구 디지털로32길 30 코오롱디지털타워빌란트 1301-1308호
전화 ㅣ 02-333-2513(대표)
팩시밀리 ㅣ 02-333-2514
E-mail ㅣ papy_dnc@dncmedia.co.kr
블로그 ㅣ blog.naver.com/gnpdl7

ISBN 979-11-364-5907-7 04810
ISBN 979-11-364-4879-8 (SET)

※ 저자와 협의하여 인지는 붙이지 않습니다.
※ 이 책은 ㈜ 디앤씨미디어(파피루스)가 저작권자와의 계약에 따라 발행한 것으로 본사와 저자의 허락 없이는 어떠한 형태나 수단으로도 내용을 이용할 수 없습니다.

내가 제일 잘나가는 재벌이다 16

봉황송 현대판타지 장편소설

제1장. 스탠드 오일 ············ 7

제2장. 종합 제철소 ············ 41

제3장. 비리 ············ 65

제4장. 복지재단 ············ 113

제5장. 화폐 개혁 ············ 137

제6장. 도반호텔 ············ 161

제7장. 노벨경제학상 ············ 185

제8장. 삼원 교배 ············ 209

제9장. 경부고속도로 ············ 233

제10장. SF 축구단 ············ 279

제1장.
스탠드 오일

스탠드 오일

 선로션은 다소 묽은 제형의 제품으로, 제형이 뻑뻑하고 얼굴이 심하게 하얘지는 탓에 불호가 있는 선크림보다 훨씬 사용이 간편했다.
 물론, 선로션과 선크림 중 무엇을 사용하는 게 더 적합한지는 개인의 피부에 따라 달라지지만, 크게 상관없는 경우에는 선로션이 더 대중들에게 접근하기 쉬울 것이라 차준후는 판단했다
 다만 회귀 전에 그가 만들었던 자외선 차단제는 아시아인들의 피부에 맞춰진 제품으로, 미국인들이 쓰기엔 최고라 하기 어려웠다.
 그에 차준후는 원료를 바꿔 가며 다양한 시도를 하는 중이었다.

지금 믹서처럼 회전하고 있는 설비 안에도 37가지의 원료가 들어가 있었는데, 심지어 각 원료의 비율과 투입 순서, 그리고 믹서 속도 등 다양한 부분에서 차이를 주며 실험을 하고 있었다.

화장품은 정말 사소한 부분에서도 엄청난 차이를 일으키는 아주 섬세한 제품이었다.

위이잉! 위이잉!

맞춰 놓았던 타이머가 끝난 것인지 설비가 회전하는 소리가 점차 줄어들다가 이내 멎었다.

차준후는 완전히 멈춘 설비 안에 만들어진 하얀색 선로션을 손가락으로 찍어 손등에 발라 보았다.

"이 배합이 제일 괜찮네. 이거라면 선로션을 바르고도 메이크업을 하기 부담스럽지 않겠어."

차준후가 이번에 완성한 선로션의 제조 과정을 정리하기 시작했다.

특허 등록에 필요한 자료인 동시에, 선로션을 생산할 공장에 보낼 제조법이었다.

이 제조법은 스카이 포레스트 내에서도 극히 일부에 사람에게만 공개될 예정이었다.

스카이 포레스트의 기술을 알아내기 위해 경쟁업체에서 혈안이 되어 있는 탓에, 신중을 기할 필요가 있었다.

"선로션은 이걸로 끝났고, 이제 스프레이 화장품을 만

들어 보자."

 차준후의 개인 연구실에는 가스 공정을 다룰 수 있는 설비들이 얼마 전 새롭게 설치됐다.

 그는 여유로운 표정으로 가스 공정 설비를 조작하여 가스를 원형 통 안에 주입했다. 회귀 전에 수없이 반복해 보았던 작업이기에 무척이나 능숙한 손놀림이었다.

 비록 그가 사용해 보았던 미래의 장비들과 비교하면 무척이나 구식 장비인 탓에 조작법에 차이는 있었으나, 전반적인 구조 자체에는 큰 변화가 없는 탓에 다루는 데 큰 문제는 없었다.

 지금 차준후가 다루고 있는 건 디메틸 에테르(DiMethyl Ether), 통칭 DME라 불리는 천연가스, 석탄 등으로부터 생산되는 합성가스로 제조되는 가스였다.

 공기 중에 누출되어도 LPG보다 상대적으로 폭발 한계의 하한이 높아 상대적으로 안전하고, 발암성 및 마취성이 없어 인체에 무해하여 화장품 스프레이에 많이 사용된다.

 "제품명을 뭐라고 지어야 하나?"

 차준후가 손에 스프레이 통을 보면서 고민했다.

 화장품은 뚝딱 만들어 냈지만, 상품명을 짓는 데는 너무 많은 시간을 소모하였다. 다른 연구원들이 봤으면 기막혀했을 상황이었다.

"아이스 에어라고 지어야겠다."

복잡하게 따지지 않고 차준후가 제품의 가장 두드러지는 특징을 따서 간략하게 상품명을 지어 버렸다.

때론 간단한 게 좋은 것이었다.

아주 어려운 문제를 해결한 차준후가 당찬 기세로 실험실 문을 열고 나갔다.

삐익!

인터폰을 켰다.

"실비아 비서실장님."

- 네, 대표님.

"잠시 대표실로 와 주세요. 드릴 선물이 있어요."

- 바로 갈게요.

실비아 다온이 바로 대표실로 들어왔다. 허리까지 내려오는 금발이 찰랑거렸다.

"받으세요."

"이게 말씀하셨던 신제품이군요."

실비아 디온이 스프레이 통과 선로션 튜브를 건네받았다.

하나도 아니고 두 개라니.

두 배로 기쁜 일 아닌가.

실비아 디온이 차준후를 바라보며 화사하게 웃었다.

"저온 가스를 이용해 만든 에어 스프레이예요. 순간적

으로 피부 온도를 확 낮춰 줘서 피부 쿨링 및 진정 효과를 주고, 피부 탄력과 홍조, 여드름 개선에도 효과가 아주 탁월한 제품이죠. 선로션은 자외선을 차단하는 동시에, 로션처럼 보습과 영양까지 함께 해 주는 화장품이에요."

"홍조와 피부에 좋다고요? 저를 위한 화장품이네요."

실비아 디온이 반색했다.

피부가 약한 그녀는 여름철에 뜨거운 햇볕을 받으면 피부가 붉게 달아오르곤 했다. 홍조가 심한 날에는 마치 술을 먹은 것처럼 지나치게 붉어지는 탓에 무척이나 스트레스였다.

그 때문에 피부과에서 약을 먹어 보기도 했지만, 그렇다고 매일 약을 달고 살 수는 없는 노릇이었다.

그런데 이것만 있으면 간편하게 문제를 해결할 수 있는 것이었다.

"너무 좋네요. 혹시 하나씩 더 받을 수 있을까요? 엄마도 피부가 약하시거든요."

홍조로 극심한 고생을 하는 건 실비아 디온의 엄마인 크리스티나도 마찬가지였다. 실비아 디온의 홍조가 심한 건 어쩌면 유전일지도 몰랐다.

아무튼 홍조 때문에 스트레스가 이만저만이 아니었는데, 심지어 홍조를 개선해 줄 뿐만 아니라 피부 탄력에도 도움이 된다니 선물로 준다면 무척이나 좋아할 것이 분명했다.

크리스티나는 나이가 들면서 처지는 피부 때문에도 고민하고 있었다.

자연스러운 노화이지만 여인으로서 그 사실을 순순히 받아들이기엔 너무 쓰라렸다. 여전히 젊은 시절처럼 아름답게 보이고 싶은 게 바로 여인이었다.

차준후는 곧바로 연구실로 들어가 선로션과 아이스 에어를 하나 더 용기에 담아 가지고 나왔다.

"여기요."

"고마워요."

"아이스 에어는 지금 뿌려 봐도 될까요?"

실비아 디온은 선크림을 로션처럼 만들었을 선로션보다 아이스 에어가 궁금했다.

물론 선로션이 안 궁금하다는 건 아니다. 다만 아이스 에어라는 건 처음 들어 보는 화장품이었기에 호기심이 무럭무럭 생겨났다.

"물론이죠. 얼굴에 뿌려 보세요. 전혀 다른 새로운 세계를 경험할 겁니다."

조심스레 머리카락을 매만진 실비아 디온이 심호흡을 한 다음에 얼굴에 아이스 에어를 분사했다.

"어머!"

얼굴에 차가운 느낌이 닿자 그녀가 저도 모르게 탄성을

터트렸다. 탄성을 터트리고 난 뒤 아무 말도 하지 못했다.

청량한 알갱이들이 피부를 뚫고 깊숙하게 전달되면서 어루만지는 듯하다고 해야 할까? 얼굴이 팽팽해지는 가운데, 기분 좋게 녹아내리는 느낌이었다.

정말 놀라운 아이스 에어 화장품이었다.

지금 실비아 디온의 얼굴에서는 눈에 보이진 않지만 화학 작용이 벌어지고 있었다.

아이스 에어는 미네랄 풍부한 로키산맥의 빙하수와 SF-NO. 1 밀크의 안티 에이징 성분을 함유하고 있어, 피부 쿨링과 보습 등 여러 좋은 작용을 일으켰고, 그걸 실비아 디온이 체감했다.

"처음에는 차가워서 놀랐지만 느낌이 너무 좋아요. 피부가 올올이 깨어나는 느낌이에요."

"그 느낌이 아이스 에어의 키포인트죠. 가능한 빨리 제품 출시를 하고 싶지만, FDA의 심사를 빨리 통과할 수 있을지 모르겠네요."

차준후가 우려하는 부분을 밝혔다.

시장에서 큰 호응을 얻을 게 분명한 아이스 에어이지만, DME 가스를 사용하는 이상 안전성 검증은 필수였다.

LPG보다 폭발 하한계, LEL(Lower Explosive Limit)이 60% 이상 높아서 훨씬 안전하다지만 어찌 됐든 DME

도 가연성 가스이기 때문이다.

일반적인 환경에서 DMD 가스에 불이 붙을 일은 없었지만, 위험 요소가 존재하는 이상 안전성 검증은 반드시 받아야만 했다.

"경쟁사들도 어떻게든 우리의 발목을 잡으려 들 테고요."

SF-NO.1 밀크를 출시하는 과정에서도 여러 일들이 벌어지지 않았던가.

스카이 포레스트가 또다시 치고 올라오는 걸 그냥 지켜만 보고 있을 경쟁사들이 아니었다. 이번에도 분명 어떻게든 아이스 에어의 안전성을 걸고넘어지며 방해를 해올 것이 분명했다.

차준후가 또 다른 문제 가능성을 제기하자, 실비아 디온의 두 눈이 번뜩였다.

"말도 안 되는 트집을 잡는 사람들이 있다면 절대 가만두지 않을 거예요."

실비아 디온이 의욕을 드러냈다.

아이스 에어는 그녀에게 꼭 필요한 화장품이었다.

설령 아이스 에어가 출시되지 못한다 하더라도, 차준후에게 따로 부탁해서 선물을 받을 수도 있겠지만 그것도 한두 번이었다. 계속해서 차준후를 귀찮게 굴 수는 없었다.

아이스 에어가 정식으로 출시되어야 마음 편히 제품을 사용할 수 있었다.

"저한테 맡겨 주세요. 아이스 에어는 무조건 출시되어야만 해요."

실비아 디온과 그녀의 엄마인 크리스티나를 비롯해 그녀의 외가 쪽은 대부분 약한 피부와 홍조를 타고났다.

아이스 에어에 대한 이야기를 듣는다면 실바이 디온 그녀 본인이 나서지 않더라도, 외가 쪽 친척들이 힘을 보태 줄 것이었다.

디온 가문 못지않은 힘을 지닌 명문가인 외가에서 움직인다면, 그 어떤 회사도 감히 아이스 에어를 트집 잡지 못할 터였다.

* * *

금융 기관과 투자가들은 스카이 포레스트에 열렬히 투자하고 싶어 했다. 매일 가치가 높아지는 기업이었기에 투자를 원하는 건 당연한 일이었다.

그러나 차준후는 지금까지 그래 왔던 것처럼 스카이 포레스트에 대한 투자를 모두 거절하였다. 돈이 필요하면 언제든지 더욱 많은 돈을 벌 수 있는 미래 지식을 꺼내면 그만이었다.

게다가 이번에 우로키나아제 치료제 임상이 성공하면서 스카이 포레스트의 가치는 전보다 훨씬 높아졌다.

시장 가치보다 높게 인수한 페가수스는 단숨에 족히 10배 이상 성장하였다. 중견 제약사였던 페가수스는 신약 개발 성공으로 단숨에 대형 제약사에 필적할 만큼 올라섰다.

페가수스를 계열사로 인수한 스카이 포레스트의 가치도 자연스레 하늘 높이 치솟아 올랐다.

단 하나의 신약 개발 성공으로 이뤄진 기적이었다.

아니, 다른 사람들에게는 기적으로 보일 수 있을지 몰라도 차준후에게는 모두 계산된 과정일 뿐이었다.

월 스트리트를 비롯한 미국 금융가에서는 스카이 포레스트의 금전적 가치가 얼마인지 따지느라 골머리를 앓았다.

월 스트리트 증권업체와 금융업체들은 매번 거절을 당하고 있지만 미국 증시 상장에 대한 제안을 꾸준하게 하고 있었다.

미국에서도 좀처럼 찾아보기 힘든 대어가 바로 스카이 포레스트였다. 미국 증시에 상장만 시킬 수 있다면 어마어마한 이익을 얻을 수 있었다.

"하아! 스카이 포레스트에 대한 보고서를 찢어 버렸다."

"왜? 밤을 새워 가면서 만든 보고서잖아."
"젠장! 치료제를 완성하기 전의 보고서라고. 내가 만든 보고서는 이제 구시대의 것이 되어 버렸어."
"며칠 사이에 이런 일이 벌어질지 누가 알았겠냐? 고생이 많다."
"스카이 포레스트라면 치가 떨린다. 보고서를 제대로 만들 수가 없어."
"그래도 어쩌겠냐. 윗분들이 스카이 포레스트에 대해서 알고 싶어 하는걸. 우리는 저 잘나가는 회사를 금전적 가치를 매겨야 할 의무가 있어."
"하아! 그렇지 않아도 커피 마시고 다시 보고서 만들려고 한다."

월 스트리트의 금융맨들에게 있어 스카이 포레스트는 참으로 불가사의한 존재였다.

힘들게 스카이 포레스트의 금전적 가치를 산정해 내면 그 보고서는 이미 낡은 것이 되어 버린다. 스카이 포레스트가 계속해서 새로운 화장품이나 혁신적인 제품을 내놓기 때문이었다.

단언컨대 스카이 포레스트처럼 빠른 속도로 성장하는 기업은 없었다.

차준후의 행보는 하나하나가 다방면에 막대한 영향을 끼쳤다.

그중에서도 LNG 산업은 특히나 더 파장이 엄청났다.

천연가스는 석유와 어깨를 나란히 하는 에너지 자원으로, 굉장히 다양한 곳에 사용되는 탓에 다양한 산업에 영향을 주는 탓이었다.

현재 비료 시장은 천연가스 비료의 등장으로 엄청난 충격에 빠져 있었다.

- 몇 년 후면 천연가스 비료가 시장을 장악할 거다.
- 시장에 도태되지 않으려면 한시라도 빨리 천연가스 비료를 생산할 수 있도록 준비를 해야 한다.
- 천연가스로 만들 수 있는 건 비료뿐만이 아니야. 그동안 석유로 해 왔던 많은 것들을 천연가스로 할 수 있다.

천연가스 비료는 천연가스를 활용하여 진행할 수 있는 수많은 사업 중 하나에 불과했다.

각국의 정부와 기업에서는 LNG를 활용한 다양한 산업을 이미 연구 중에 있었다.

그리고 그것은 세계 초강대국인 미국이라 할지라도 다를 바 없었다.

최근 미국 에너지경제 · 재무 분석 연구소 IEEFA(Institute for Energy Economics and Financial Analysis)

는 미국의 에너지 정책에 대한 보고서를 발표했다.

IEEFA는 미국에 소재한 기관으로, 에너지를 환경 문제와 경제적 이익 등 다방면에서 분석하는 연구소였다.

지속 가능하며 수익성이 높은 에너지를 발굴해 내는 것이 이 연구소의 설립 목적이었는데, 이번에 LNG가 그들의 연구 대상이 된 것이었다.

「미국의 에너지 정책이 위태롭다.」

현재 미국의 에너지 정책은 석유에 지나치게 의존하고 있으며, 유가 변동에 따라 경제에 미치는 영향이 너무 크다는 내용이 담긴 보고서였다.

IEEFA는 유가가 1배럴당 1달러만 오르더라도 어떠한 영향을 미치는지 면밀하게 분석하였다. 그리고 그 분석의 내용은 가히 충격적이었다.

빠르게 산업화가 진행된 미국은 현재도 지속적으로 석유 사용량이 급증하고 있었다. 석유가 사용되지 않는 산업을 찾기 힘들 정도로 다양한 곳에서 사용될 뿐만 아니라, 소비량도 엄청났다.

그에 IEEFA는 에너지를 석유에만 의존하지 않고 다른 대체 에너지도 적극적으로 도입할 필요가 있음을 강조했다.

그리고 그 대체 에너지 중 하나로 천연가스를 꼽았고, 스카이 포레스트의 LNG 탱크 특허에 대한 분석 또한 내놓았다.

「스카이 포레스트에서 등록한 LNG 탱크 특허는 이미 덴마크에서 진행된 실험을 통해 안정성을 입증했다. 천연가스의 상용화는 머지않았으며, 믿을 수 있는 에너지 자원으로써 에너지 시장에 확고히 자리매김할 것이다. 미국 또한 한시라도 빨리 LNG 개발에 들어가야 하며, 그에 필요한 인력과 돈을 결코 아껴서는 안 된다.」

IEEFA의 보고서는 파문을 일으켰다.

IEEFA는 에너지 분석에서 있어 미국에서 최고 수준의 전문기관으로 평가받고 있었다. 실제로 미 정부는 에너지 정책을 결정하는 데 IEEFA의 의견을 상당 부분 참고했다.

그런 IEEFA가 이토록 열변을 토하는 일은 흔치 않았기에 보고서를 읽은 이들은 심각성을 느낄 수 있었다.

「곧 덴마크에서 운반선에 사용될 크기의 대형 LNG 탱크 실험도 진행될 예정이다.

미국 또한 유리한 협상을 위해 시간을 허비하지 말고

스카이 포레스트에 막대한 로열티를 내서라도 서둘러 LNG 탱크 연구에 들어가야만 한다.

 연구가 늦춰질수록 발생하는 손해가 더욱 막대할 수 있음을, 타국보다 빨리 LNG 탱크를 개발해 낼수록 얻는 이득이 클 수 있음을 인지해야 한다.

 지금이라도 LNG 탱크 개발을 LNG 플랜트 시설을 세우는 것과 동시에 진행한다면 개발 시기를 앞당길 수 있을 것이다.」

 IEEFA는 LNG 탱크 개발을 여유롭게 진행할 상황이 아님을 강조하며, 미 정부의 느긋한 행보를 강하게 비판했다.

 현재 덴마크에서 실험을 끝마친 LNG 탱크의 규모도 충분히 상용화가 가능한 수준이었다. 탱크가 작다는 문제는 그만큼 탱크의 수를 늘리면 충분히 해결할 수 있는 문제였다.

 물론 이는 LNG 운반선이 아직 상용화되지 않은 상황이니, 천연가스가 매장되어 있는 국가에만 해당이 되는 이야기였다.

 그리고 미국은 천연가스 매장량이 전 세계를 통틀어도 수위를 다툴 정도로 많기에 유리한 고지를 차지하고 있다고 볼 수 있었다.

석유에만 의존했다가는 경제 위기를 맞을 수도 있다는 리스크.

그리고 막대한 로열티를 감수하더라도 한시라도 빨리 LNG 산업을 개발했을 때 얻을 수 있는 기회비용.

그리고 상용화를 조금이라도 앞당길 수 있는 방안까지.

그 모든 것이 담겨 있는 IEEFA의 보고서는 미 정부가 스카이 포레스트와의 협상에서 조금 더 과감히 조건을 제시해야겠다 마음먹는 계기가 되었다.

뿐만 아니라 IEEFA의 보고서는 전 세계의 석유 회사들에게도 큰 충격을 안겨 주었다.

IEEFA의 보고서에는 천연가스를 그대로 액화시켜 만드는 LNG뿐만 아니라, 불순물을 제거해 합성가스로 만든 뒤에 액화 공정을 거쳐서 원유처럼 활용할 수 있는 가능성을 제기하는 내용이 있었기 때문이었다.

나비효과.

나비의 날갯짓이 지구 반대편에서 태풍을 일으킬 수도 있다는 카오스 이론이다.

차준후의 행보는 사람들이 전혀 생각지도 못했던 곳까지 파급력을 미치고 있었다.

천연가스의 가치가 생각 이상임을 느낀 세계적인 석유 회사들은 스카이 포레스트의 특허를 천문학적인 거액에 인수하겠다는 제의를 하였지만 당연히 씨알도 먹히지 않았다.

* * *

"천연가스 액화 연구 결과는 나왔어?"
"어. 정말 액화시켜 합성 원유로 만든 뒤에 정제하고 분해하면 원유처럼 충분히 활용할 수 있어 보여. 연료로 사용되는 건 물론이고, 플라스틱, 세제, 화장품 등 생활필수품을 만드는 데도 사용할 수 있을 거 같아. 특히 황과 같은 불순물이 없다는 장점이 있어서 연료로써의 가치가 특히 높고."

미국의 유명 석유 회사, 스탠드 오일의 한 연구실에서 연구원들이 이야기를 주고받았다.

스탠드 오일은 한때 미국 석유 매출의 90% 차지하던 법인에 속해 있었던, 석유왕 존 D. 로펠러가 설립한 회사였다.

석유왕 존 D. 로펠러가 세웠던 41개의 회사는 스탠드 오일 트러스트라는 하나의 법인 아래에 묶여 있었지만, 반독점법 위반이라는 이유로 그중 34개의 회사가 서로 다른 법인으로 분리되었다.

다른 회사들은 시간이 흐르자 새로운 이름으로 사명을

변경했지만, 스탠드 오일은 50년이 지난 지금까지도 이름을 바꾸지 않은 채 유지하고 있었다.

"휘이익! 이거 천연가스 채굴권도 확보해야 한다고 보고서를 올려야겠는데?"

"지금 당장은 무리야. 가성비가 너무 안 좋아."

"원유보다 천연가스가 더 저렴하잖아."

"천문학적인 설비 투자비는 생각 안 하냐?"

"음! 그렇기는 하겠다. 내가 연구 쪽에만 있어서 잘 모르겠지만 그래도 만들면 좋은 것 아니냐?"

"장기적으로 보면 그렇겠지. 뭐, 그런데 우리야 연구에만 집중하면 되는 거고, 그런 문제는 윗선에서 고민하겠지."

스탠드 오일의 연구실에서는 천연가스에 대한 연구가 활발히 진행되고 있었다.

천연가스가 원유처럼 연료로 활용될 수 있다는 IEEFA의 보고서가 발표된 이후에는 더더욱 연구에 박차를 가했다.

천연가스의 활용 가치가 무궁무진하다는 소식은 그동안 석유를 채굴하는 과정에서 매일 엄청난 양의 천연가스를 태워서 버려 왔던 스탠드 오일에게 무척이나 희소식이었다.

그러나 천연가스를 활용하기 위해서는 다양한 기반 설

비가 필요한 탓에, 곧바로 천연가스 사업을 진행하기엔 어려움이 있었다.

"휘이익! 앤디는 정말 빠르게 스카이 포레스트란 회사에 달라붙었어. 부럽다."

"이럴 줄 알았으면 앤디를 따라서 함께 나갈 걸 그랬어."

"앤디가 지금처럼 잘 풀릴지는 몰랐지. 얼마 전에 만나서 들어 보니까, 엄청난 성공 보수금을 받았다고 자랑하더라."

"나도 들었다. 자랑하는 걸 듣는데 미칠 것 같더라고. 회사를 뼈 빠지게 10년 다니면서 모아도 앤디가 받은 성공 보수금에 못 미쳐."

"그쪽 대표가 아주 시원시원하게 보수를 지급한다고 자랑하더라고. 그리고 그걸 떠나서 마음껏 연구하고, 새로운 기술을 개발할 수 있어서인지 앤디 얼굴에 웃음꽃이 피어 있더라."

"부럽다, 부러워!"

앤디 사무엘과 알고 지내는 연구원들이었다.

앤디 사무엘이 스카이 포레스트에 이직하기 전 다니던 회사가 바로 스탠드 오일이었다. 스탠드 오일에는 여전히 사무엘과 교류를 하며 지내는 연구원들이 적지 않았다.

"조만간 경영진들이 차준후와 미팅 약속을 잡는다고

하더라."

"당연하지. 소형 LNG 탱크를 만들기만 해도 상당한 이득을 누릴 수가 있으니까."

"특허를 이용할 수 있는 계약이 성사되면 좋겠다. 그러면 우리에게도 연구 성과급이 나올지도 몰라."

"연구 성과급이라고 해도 얼마나 되겠냐? 앤디가 받은 금액에 비하면 새 발의 피일 거야."

"그렇기는 하겠지."

스탠드 오일의 연구실에서 벌어지는 일이었다.

그런데 이건 스탠드 오일뿐만 아니라 전 세계의 메이저 석유 회사에서 모두 일어나는 현상이었다.

특허를 이용해서 LNG 탱크를 만들려고 하는 슈퍼 메이저 석유 회사들은 차준후와 스카이 포레스트에 연락을 취하고 있었다.

그리고 스탠드 오일은 로비를 통해 미국 상무장관과 함께 움직였다.

* * *

차준후가 대표실에서 미국 상무장관인 마크 우즈를 만났다.

며칠 전에 잡은 약속 자리였다.

"이렇게 미국 땅에서 보니까 훨씬 반갑네요."

"처음 뵙겠습니다. 스탠드 오일의 린드버그 소크입니다."

"어서들 오세요."

차준후가 두 사람과 악수를 나눴다.

석유 시장을 주름잡는 스탠드 오일의 CEO인 린드버그 소크가 차준후를 만나기 위해 직접 나타났다. 그는 석유 시장에 엄청난 영향력을 끼치는 인물이었다.

세 사람이 인사를 주고받은 뒤 소파에 앉았다.

"차준후 대표님을 만나기 위해 마크 상무장관님에게 많이 보챘습니다."

"그래요?"

"지금 전 세계의 모든 석유 회사 관계자들이 얼마나 차준후 대표를 만나려고 혈안이 되어 있는지 모릅니다."

"요청을 많이 받기는 했습니다. 그런데 제가 요즘 너무 바빠서 시간을 내기가 힘들어서요."

도처에서 차준후를 만나려는 사람들이 많았다. 벌여 놓은 사업들이 많다 보니 시간이 지날수록 더욱 늘어나고 있는 추세였다.

요즘은 여기에 대학교의 강연까지 더해졌다.

그러나 차준후는 가뜩이나 업무 스케줄도 밀려 있는 탓에 강연을 하고 다닐 시간적 여유가 없었다.

그에 모든 대학교가 강연 요청을 거절당했지만, 그들은 포기하지 않았다. 나중에라도 시간이 된다면 꼭 부탁한다며 매달렸다.

스카이 포레스트에 푹 빠져 들어 있는 학생들의 요청이 쇄도하고 있는 탓이었다.

전 세계를 뒤져 봐도 찾기 어려울 정도의 성공 역사를 써 내리고 있는 차준후였다.

그를 선망하고, 스카이 포레스트의 입사하길 희망하는 미국 대학생들이 무척이나 많았다.

경직되지 않고 자유로운 기업 문화, 업계 최고의 보수, 다양한 복지 혜택까지, 대학생들이 스카이 포레스트에 빠져들 이유는 차고 넘쳤다.

이제 스카이 포레스트는 가만히 있어도 유능한 인재들이 먼저 알아서 들어오길 희망하는 회사가 되었다.

"알고 있습니다. 오히려 차준후 대표님이 바빠서 다행이지요. 그렇지 않았다면 처음 만날 수 있는 영광을 다른 석유 회사에게 빼앗겼을 수도 있었을 테니까요."

스탠드 오일보다 발 빠르게 차준후와 접촉하려고 한 기업도 있었다.

영국에 본사를 두고 있는 로열 쉘이었다.

만약 로열 쉘과 차준후의 만남이 성사됐다면, 스탠드 오일에게 있어서 불리한 상황이 벌어졌을지도 몰랐다.

그리고 로열 쉘은 스카이 포레스트의 북해 유전 투자와도 연결되어 있었다.

"첫 만남을 허락해 줘서 고마워요."

마크 우즈가 차준후에게 고마움을 표현했다.

"이렇게 만남을 주선한 건 LNG와 관련하여 한 가지 제안을 드리고 싶은 게 있어서입니다."

마크 우즈는 곧바로 본론을 꺼냈다. 그가 눈짓을 하자 린드버그 소크가 말을 이어받았다.

"저희 스탠드 오일에서 연구를 해 보니, 천연가스를 활용하여 원유를 대체할 수 있는 오일을 만들 수 있겠더군요. 그래서 천연가스 시장에 적극적으로 뛰어들 계획입니다. 그래서 말인데, 저희 스탠드 오일과 스카이 포레스트과 협력 이상의 관계를 형성하면 어떨까 싶습니다."

"협력 이상의 관계요?"

단순히 LNG 특허 사용에 대한 로열티를 협의하러 온 것이라 예상했던 차준후는 두 눈을 크게 떴다.

"스카이 포레스트의 특허로 LNG 산업이 더욱 활성화될 수 있게 되었지만, 결국 플랜트 시설이 있어야 LNG를 만들고 공급할 수 있는 거 아니겠습니까?"

"그렇죠. LNG 운반선이 선박을 해도 LNG 터미널이 없다면 아무런 의미도 없으니까요."

LNG 터미널이란 선박한 LNG 운반선에서 LNG를 하역하여 저장한 후, 액화 상태의 LNG를 다시 기화시켜 수요처에 공급할 수 있는 플랜트였다.

LNG 사업을 진행하기 위해서는 필수적인 시설이었지만, 문제는 스카이 포레스트는 LNG 터미널을 구축할 만한 기술력을 갖추고 있지 못하다는 점이었다.

스카이 포레스트는 LNG 운반선과 저장 탱크와 관련된 특허를 보유하고 있어 다른 기업들보다 LNG 사업을 진행하기에 유리한 측면이 있지만, 반대로 그 외 다른 기술, 설비는 전혀 갖추고 있지 않아 어려운 면도 많았다.

"그래서 말인데, 저희 스탠드 오일과 LNG 사업을 함께 할 합작사를 설립하면 어떻겠습니까? 서로 부족한 부분을 채워 주며 시너지를 낼 수 있을 거라 생각됩니다만."

린드버그 소크가 속내를 밝혔다.

흥미로운 제안이었다.

"지분은 어떻게 생각하고 계십니까?"

"반반으로 생각하고 있습니다."

스탠드 오일에서 경영권을 쥐고 흔들 생각은 없다는 뜻이었다.

미국 최대의 석유 회사 중 한 곳인 스탠드 오일과의 합작사임을 생각하면, 이건 스탠드 오일이 상당히 양보한 것이라고 볼 수 있었다.

린드버그는 원래 다른 기업과 협상을 할 때 결코 이렇

게 양보하는 일이 없었다.

 그러나 전략회의실에서는 한시라도 서둘러 시장에 뛰어들어야 사업을 선점할 수 있으리라는 분석 결과를 내놓았다. 이미 LNG 사업을 준비하고 있는 기업이 너무나도 많았다.

 지금은 욕심을 부리다 협의가 지체되어 소요되는 1분 1초가 아깝다고 판단했다.

 그에 린드버그 소크는 과감하게 이익을 포기하고, 처음부터 최대한의 양보를 한 조건을 제시하기로 마음먹은 것이었다.

 "괜찮군요. 더 구체적인 이야기를 나눠 봐야겠지만, 일단 매우 괜찮은 생각 같습니다."

 차준후가 협의할 뜻을 내비쳤다.

 그렇지 않아도 대한비료 공장을 세우더라도 LNG를 공급받을 수 있는 LNG 터미널이 없다면 무용지물인 탓에 관련해서 알아보던 차였다.

 그런데 이 분야에서 업계 최고라 할 수 있는 스탠드 오일과 함께할 수 있다면 더할 나위 없었다.

 "생각이 일치한다니 다행입니다."

 "빠른 시일 내에 합작사와 관련하여 협의를 나누도록 하죠. 제가 조만간 귀국을 할 예정이라서요."

 "하하하! 호쾌하시군요. 저 역시 빨리 합작사에 대한

부분을 매듭짓고 싶습니다."

회사의 수장들끼리 의견이 일치했다.

차준후는 합작을 통해 스탠드 오일이라는 메이저 업체를 등에 업게 됐다.

'스탠드 오일과의 합작사라면 군사정부가 함부로 손을 댈 수가 없지.'

스탠드 오일은 전 세계 재계 최상위에 위치해 있는, 21세기에도 세계증권 시가 총액 1위를 수차례 차지했을 만큼 엄청난 기업이었다.

군사정부가 아니라, 세계 어느 나라도 감히 건드릴 수 없는 힘을 지니고 있었다.

그런 기업이 스카이 포레스트의 관계사가 되는 것이다. 즉, 이제 스카이 포레스트를 건드리는 것은 스탠드 오일을 건드리는 거나 다를 바 없다고 볼 수 있었다.

이제 차준후와 스카이 포레스트가 군사정부에게 압박을 받으면, 스탠드 오일은 자사의 이익을 위해서라도 대신해서 나서게 될 것이었다.

* * *

차준후가 트랩을 밟고 전용기, 스카이 0417에 올라탔다.

오늘 드디어 한국으로 귀국하는 날이었다.

생각했던 것보다 할 일이 많아진 탓에 예정보다 긴 시간 동안 미국에 머물렀다가, 드디어 모든 일을 끝마치고 귀국하게 된 것이었다.

전용기가 있으니 이제 장거리 비행도 한결 더 편하게 할 수 있었다.

기존에 타고 다니던 덴마크에서 빌려준 전세기는 직원들이 이용하고 있었다. 전세기를 돌려줄 때까지 스카이 포레스트 직원들이 아주 편안하게 이용할 예정이었다.

"무척 오랜만에 돌아가는 느낌이네요."

전용기의 기내에는 비어 있는 좌석이 많았지만, 실비아 디온은 차준후와 가장 가까운 좌석에 자리했다.

"저도요. 이번에는 일을 많이 해서 그런지 길게 느껴지네요."

"정말 바쁘게 일했죠."

실비아 디온이 이번에 한 일들을 떠올렸다.

차준후가 한꺼번에 여러 사업을 동시에 진행한 탓에 정말 잠시도 쉴 틈 없이 숨 가쁘게 달려야만 했다.

"실비아 비서실장이 있어서 다행입니다. 만약에 없었다면 끔찍했을 겁니다."

차준후 자신이 돌이켜봐도 다소 무리하게 사업을 펼친 감이 없잖아 있었다.

그 탓에 실비아 디온을 비롯한 유능한 직원들은 발바닥에 불이 나도록 움직여야만 했다. 고생한 직원들에게 보너스를 풍족하게 지급하긴 했지만, 그래도 미안한 감정이 들 수밖에 없었다.

"그래도 재미있었어요."

실비아 디온은 가진 바 역량을 모두 동원해서 차준후를 보좌했다. 차준후에게 도움이 된다는 게 너무 좋았다.

"이제부터는 조금 여유롭게 일할게요. 너무 바쁘게 만들어서 미안하네요."

"필요해서 그러신 거잖아요. 이해해요."

실비아 디온은 평소 무리하게 일하지 않는 차준후의 성격을 누구보다 잘 알았다. 그런데 차준후가 무리하며 일했다는 건 이유가 있다는 것이었다.

여유롭던 차준후가 변화한 건 대한민국에 군사정부가 들어서고 나서부터였다.

차관을 끌어올 수 있도록 협조를 해 달라.

스카이 포레스트 미국 법인의 달러를 국내에 투자해 달라.

군사정부에서는 꽉꽉 막혀서 제대로 진척이 되질 않는 울산공업단지의 문제를 해결해 달라며 스카이 포레스트를 지속적으로 압박해 오고 있었다.

그저 차준후가 한국인이라는 이유만으로 희생을 강요

하고 있는 것이었다.

 이후 마음이 조급해진 것인지는 몰라도 차준후는 미국에서 진행하고 있는 사업을 다소 무리하게 처리해 왔다.

 "우려했던 문제는 다 해결했으니 이제 조금은 편하게 일할 수 있을 겁니다."

 차준후가 최근 바쁘게 달려왔던 것은 혹여나 군사정부가 무리한 요구를 해 오더라도 대처할 수 있도록 힘과 인맥을 갖추기 위함이었다.

 결과는 성공적이었다.

 SF 헬스클럽을 통해 각계각층의 상류층과 인맥을 형성했고, 케불라를 이용해 듀퐁가의 조나단 듀퐁, 그리고 LNG를 이용해서는 스탠드 오일과 합작사를 세우게 되었다.

 이제 더 이상 군사정부는 감히 차준후와 스카이 포레스트를 함부로 대할 수 없었다.

 그리고 그렇게 목표를 이루었기에 오늘 이렇게 귀국을 하는 것이기도 했다.

 "대표님, 조종석에서 앉아서 가실 건지 기장님이 물어보셨어요."

 "괜찮습니다. 이번에는 그냥 여기에서 가겠습니다."

 저번에 봤던 풍경은 아름다웠지만, 저번처럼 잠시 시운전을 하는 게 아니라 장시간 비행에서 실비아 디온만 이곳에 두고 가기 미안했다.

저번에도 혼자 조종석 밖에 앉았던 실비아 디온이 내심 서운한 기색을 내비치지 않았던가.

자신 때문에 무척 고생하는 비서실장인데 홀로 외롭게 방치할 수는 없는 노릇이었다.

"그렇게 전달할게요."

여승무원이 웃으면서 물러났다.

「승객 여러분, 저희 비행기는 잠시 후 이륙 예정입니다. 좌석벨트를 매어 주시고, 좌석 등받이와 테이블을 원위치로 해 주시기 바랍니다.」

스피커를 통해 기장의 안내 음성이 울렸.

그리고 잠시 뒤에 전용기가 이륙했다.

대한민국으로 날아가는 스카이 포레스트 전용기 1호, 스카이 0417이었다.

* * *

전쟁을 거치면서 지주층이 몰락한 자리에 자본가 계급이 새로운 지배계층으로 급부상한 시기였다.

스카이 포레스트가 등장하면서 대한민국의 경제 개발

에 가속도가 붙으면서 자본가들이 더욱 많이 생겨났다.

경공업 부흥을 조성하는 스카이 포레스트의 정책의 혜택을 받고 있는 영세 상인들이 늘어났다. 그리고 경제 개발을 강하게 드라이브 걸고 있는 박정하로 인해 이런 분위기는 더욱 강렬해져 갔다.

문제는 이 일환으로 박정하가 저곡가 정책을 강력하게 밀어붙이며, 이 탓에 농사를 포기하고 고향을 등진 채 농촌에서 도시로 거처를 옮기는 이들이 늘어났다는 점이었다.

일자리는 한정적인데 도시로 사람이 몰려드니, 사람들은 먹고살기 위해 저임금에도 마지못해 일하는 수밖에 없었다.

심지어 저임금으로 이른 새벽부터 밤늦은 시간까지 일을 시키며 노동력을 착취해도, 근로자들은 아무 말도 하지 못했다.

언론에서는 노동자들을 산업화 역군이라 칭했지만, 실상은 공돌이, 공순이라 불리며 제대로 된 대우를 받는 이들이 없었다.

경제가 성장하며 이득을 보는 건 이들을 값싸게 부려먹는 자본가들뿐이었다. 이 당시 대한민국은 빈익빈 부익부, 부의 양극화가 가속화되고 있었다.

그러나 이런 현상에서 예외인 곳들도 존재했다.

바로 스카이 포레스트와 스카이 포레스트의 협력사들이었다.

스카이 포레스트는 직원들에게 합당한 대우를 해 주지 않는 곳과는 거래를 하지 않는 탓에, 스카이 포레스트와 거래를 하고 있는 기업들은 하나같이 직원 대우에 힘썼다.

직원들에게 조금 더 베풀어도, 스카이 포레스트와 함께 하는 것으로 얻는 이득이 훨씬 컸기에 선순환이 이루어졌다.

스카이 포레스트 덕분에 대한민국에는 양질의 취업 자리가 늘어났고, 덕분에 넘쳐 나는 실업자들 가운데 일부는 안정적인 일자리를 얻을 수 있었다.

그리고 이러한 현상은 스카이 포레스트의 사세가 확장될수록 더욱 확산됐다.

특히 차준후가 미국에서 새로운 사업에 뛰어들어 성공을 이루어 내며, 다양한 분야의 수출 판로가 개척된 덕분에 일자리는 더욱 늘어날 수 있게 되었다.

차준후의 노력 덕분에 더욱 살기 좋은 나라가 되어 가는 대한민국이었다.

제2장.
종합 제철소

종합 제철소

 울산공업단지의 성대한 기공식이 열렸다.
 정유 공장, 비료 공장, 조선소, 기계 공업 공장 등이 입주할 예정이었다. 울산을 거대한 공업 센터로 만드는 일이 비로소 제대로 된 첫 삽을 뜨게 됐다.
 "우리 대한민국은 이곳 울산에서 세계로 도약할 수 있는 기틀을 마련하고 번영의 역사를 써 내릴 겁니다."
 단상에서 박정하 최고회의 의장이 카랑카랑한 목소리로 자신만만하게 포부를 밝혔다.
 "울산공업단지에는 최초의 천연가스 비료를 생산할 대한비료 공장과 세계적인 기업인 스탠드 오일과 스카이 포레스트 합작사의 LNG 플랜트 시설이 들어설 예정입니다. 이제 대한민국은 중공업의 기틀을 마련할 수 있습니다."

박정하가 스카이 포레스트의 주도하에 울산공업단지에 들어설 공장들에 대해 기분 좋게 설명했다.

천연가스 비료 공장과 LNG 플랜트 시설이 대한민국에 세워진다는 소식은 망설이고 있던 각국의 정부와 은행들이 투자를 유치하기로 결심하는 계기가 되어 주었다.

덕분에 기공식에는 여러 나라의 외교관과 기업인, 기자들이 참석해 있었다. 차관을 끌어오지 못해 꽉 막혀 있던 상황을 스카이 포레스트가 아주 시원하게 뻥 뚫어 주었다.

'차준후 대표가 있어서 아주 든든하구나.'

구름처럼 잔뜩 모인 국민을 마주 보고 있는 박정하는 뒤에 있는 차준후를 떠올리면서 흐뭇한 표정을 지었다.

울산공업단지에 천연가스 비료 공장과 LNG 플랜트 시설이 들어선다는 소식이 퍼지자, 그동안 울산공업단지는 시기상조라고 이야기해 오던 이들은 자취를 감췄다.

그동안은 제발 투자를 해 달라며 애걸해야 했지만, 이제는 더 좋은 조건을 제시한 곳을 골라서 투자받는 것이 가능해졌다.

이 모든 게 스카이 포레스트가 이루어 낸 결과였다.

"……."

귀국한 차준후가 단상의 의자에 앉아서 이야기를 듣고 있었다.

차준후는 대한민국으로 돌아오자마자 빠르게 정부와 협상을 진행하여 군사정부에게 울산공업단지 조성에 적극 협조하는 대가로, 국내 소변 독점권과 SF 항공 설립 허가를 얻어 냈다.

줄 건 주고, 받을 건 확실하게 받은 차준후였다.

그리고 일본에서의 우로키나아제 치료제 생산, 유통 독점권을 스카이 포레스트가 가지게 되었다는 사실을 박정하에게 이야기를 했는데, 그 이야기를 들은 박정하는 박장대소하였다.

울산공업단지 조성에 진척이 생기게 된 것도 기뻤지만, 일본에게 한 방 먹이게 되었다는 사실에 더욱 크게 기뻐한 박정하였다.

"이번에 미국에서 아주 큰일을 해내셨더군요. 특히 듀퐁사와 협력하여 특별한 섬유를 생산하신다고 들었습니다."

오른쪽에 있는 이철병이 작은 목소리로 물어 왔다.

"예, 맞습니다. 케블라라는 신섬유 개발, 생산을 듀퐁사와 협력하기로 했습니다."

"혹시 저희 성삼이 함께할 수 있는 일은 없겠습니까?"

이철병은 성삼도 듀퐁사와 기술 협력을 하여 듀퐁사에서 특허를 보유한 섬유를 성삼모직에서 생산할 수 있기를 바랐다.

그렇게만 된다면 성삼모직은 세계까지 뻗어 나갈 수 있는 기술력을 보유할 수 있었다.

"글쎄요. 소개를 해 드릴 수는 있지만, 듀퐁사에서 어떻게 받아들일지는 모르겠네요."

그동안 듀퐁사에게 기술 협력을 받고자 한 기업은 수없이 많았지만, 그것을 이루어 낸 기업은 손에 꼽을 정도로 적었다.

차준후만 해도 처음 접근했을 땐 무시를 당하지 않았던가.

성삼모직에서 그만한 메리트를 제시하지 못하는 이상, 듀퐁사에서 받아들일지는 의문이었다.

"험! 얼굴 보기가 참 힘들구려."

차준후의 왼쪽에는 정영주가 있었다. 그는 하고 싶은 말이 참으로 많은 눈치였다.

대현조선소를 건립하기 위해 바쁘게 돌아다니고 있는 정영주였다. 덴마크를 여러 번 다녀와야만 했고, 울산도 많이 방문해서 돌아다녔다.

그런데 그렇게 자신이 바삐 움직이는 동안, 차준후는 별다른 연락조차 해 오지 않았다. 대현조선소의 지분을 갖고 있음에도 대현조선소 일에는 딱히 적극적이지 않은 것 같아 서운한 감정도 들었다.

"바빴습니다."

"차준후 대표가 바쁜 건 세상이 알지요. 그렇지만 대현조선소에 대해서도 조금 신경을 써 주시구려."
"알아서 잘하시던데요."
차준후가 볼 때 정영주는 앓는 소리를 자주 했다.
그러나 원 역사에서도 일천한 기술과 경험, 열악한 장비, 부족한 예산 등만 가지고도 불도저식으로 현장에서 직접 지휘하면서 조선소를 키워 낸 위인이 바로 정영주였다.
그는 지금 차준후라는 날개를 등에 업고 더욱 과감하게 사업을 펼쳤다. 순풍에 돛 단 듯 쾌속으로 질주하는 대현조선소였다.
앓는 소리를 하는 건 오직 차준후 앞에서일 뿐이었다.
"그건 그렇지만 차준후 대표가 있으면 일이 더욱 빨라지겠지요."
정영주는 차준후와 많은 시간을 함께 보내면서 더욱 긴밀하게 지내고 싶었다.
"알겠습니다. 그렇지 않아도 어떻게 진행되는지 궁금했는데, 대현조선소 현장을 방문하겠습니다."
차준후는 대현조선소의 시작을 보고 싶기는 했다.
"잘 생각했소이다. 기공식이 끝나면 바로 갑시다."
차준후의 결정에 정영주가 흐뭇한 표정을 지었다.
반면 옆에 있는 이철병의 표정이 일그러졌다.

'나도 함께하자고 이야기하려고 했는데…….'

새로운 사업 제안을 하기 위해서 울산의 유명한 식당을 예약해 두기까지 했다. 그렇지만 정영주 때문에 모든 것이 물거품이 되고 말았다.

'도움이 되지를 않는군.'

이철병이 정영주를 노려보았다.

평소 정영주를 마뜩잖게 생각하고 있었는데, 오늘따라 더욱 보기가 싫었다.

* * *

모래사장이 쫙 펼쳐진 해안가에는 허름한 집들만 띄엄 띄엄 보였다.

"여기가 대현조선소가 들어설 장소이외다. 지금 레이아웃을 열심히 뽑고 있고, 레이아웃이 완성되면 곧바로 공사에 나설 것이오."

"이 자리에 들어선 대현조선소의 모습이 눈에 그려지네요."

차준후가 지금 눈앞에 그리고 있는 건 초기 대현조선소가 아닌, 미래에 크게 번창한 대현조선소의 모습이었다.

지금은 황량할 뿐인 이 자리에 세워지는 조선소가 세계적인 조선소로 거듭난다는 사실을 그는 알고 있었다.

"조선소에서 사용할 대형 운반 크레인을 발주해야 하는데, 일감이 몰려 있는 크레인 회사들 사정으로 제때 도착하기 어려울 수도 있소."

"제가 알아보죠."

차준후가 나섰다.

안 되는 일이 있다면 돈을 더 들이면 됐다. 일이 어려운 건 돈이 부족하기 때문이었다.

"문제인 건 그뿐만이 아니오. 배의 건조에 필요한 중장비와 기자재들도 확보가 쉽지 않고, 부족한 점이 한둘이 아니오."

정영주가 앓는 소리를 내뱉었다.

평소라면 어떻게든 불도저처럼 밀어붙였겠지만, 현 상황은 밀어붙인다고 해서 해결되는 일이 아니었다. 아무런 인프라도 갖추어지지 않은 대한민국에서 대형 조선소를 세운다는 건 너무나도 어려웠다.

"어려운 점이 있으시면 언제든 저에게 얘기해 주세요. 힘이 닿는 한 돕겠습니다."

이 부분에 있어서 차준후는 정영주가 엄살을 부린다고 생각하지 않았다.

실제로 원래 역사에서는 대한민국에 철강사가 만들어지고 난 뒤에 대현조선소가 세워졌기에 꾸준히 철강을 공급받는 데 어려움이 없었다.

지금의 어려움은 순전히 차준후가 대현조선소를 역사보다 앞당겨 만들기 위해 밀어붙인 탓에 생긴 것이었다.

'지금 당장은 힘들겠지만, 평생 지워지지 않을 상처를 안고 가는 것보다는 잠깐 힘든 게 나은 일이니까.'

이것이 바로 차준후가 무리한 일임을 알면서도 밀어붙인 이유였다.

원 역사에서 박정하는 경제 발전에 필요한 외화가 부족한 문제를 해결하기 위해, 일본과 한일기본조약을 체결하여 일제강점기 당시 입은 피해를 배상한다는 명목으로 일본으로부터 차관을 지급받았다.

문제는 이 배상이 실질적인 피해를 입은 피해 당사자가 아닌, 국가에 대한 배상으로 한데 묶여 이루어졌다는 점이었다.

일본에게 실제로 물질적, 정신적으로 피해를 입은 이들은 아직 일본을 용서하지 않았고, 아무런 보상도 받지 못했는데 국가가 멋대로 일본을 용서한 것이나 다를 바 없는 행위였다.

물론 당시의 박정하가 내린 선택이 경제 발전에 큰 도움이 되었을지도 모르겠지만, 차준후는 이러한 일이 되풀이되어서는 안 된다고 여겼다.

다른 방법이 있다면 구태여 같은 길을 다시 걸을 이유가 없었다.

"필요하다면 대한민국에 철강사를 세울 생각도 하고 있습니다."

이미 차준후는 미국에 머무를 때 스카이 포레스트에서 직접 철강사를 세울 때를 가정하여 견적 검토까지 끝마친 상황이었다. 물론 그 자료 조사는 실비아 디온을 비롯한 직원들이 열심히 한 것이었지만 말이다.

"철강사를 말이오? 당연히 대한민국에 철강사가 세워진다면 좋은 일이겠다만, 스카이 포레스트에서 직접 세울 생각이시오?"

정영주가 기대 어린 표정을 지었다.

가장 골치였던 문제 중 하나인 철강 공급 문제를 차준후는 벌써부터 염두에 두고 있었던 것이다. 역시 믿을 만한 사업 파트너였다.

"아직 그 부분까지는 확실히 정하진 않았습니다. 만약 괜찮은 회사나 사람이 있다면 지원해 줄 생각도 있습니다."

"음…… 그렇다면 박태주라고 괜찮은 사람이 한 명 있는데, 만나 보면 어떻겠소?"

정영주는 군사정부와 긴밀한 관계를 맺고 있었다.

조선소를 세우는 과정에서 발생하는 고충을 군사정부에 이야기했고, 박정하는 박태주에게 대현의 어려움을 해결할 방법을 강구하라고 지시했다.

중공업을 육성하려는 박정하에게 있어 대현그룹과 정영주는 무척이나 기특해 보였다.
 차준후는 정영주가 거론한 인물의 이름을 듣고는 입가에 미소를 머금었다.
 '박태주.'
 박정하의 비서실장이자, 훗날 포항철강의 회장을 역임하며 포항철강을 세계적인 종합 제철소로 키워 내는 박태주 사장이었다.

　　　　　　　＊　＊　＊

 정영주를 통해 종합 제철소에 대한 이야기를 접한 박태주로부터 급히 만나자는 연락이 왔다. 좀처럼 군사정부의 핵심적인 사람들과 만나지 않는 차준후였지만 이번 건은 만날 필요성이 있었다.
 "종합 제철소를 만들 생각이 있으시다고요?"
 스카이 포레스트로 달려온 짙은 눈썹의 박태주가 차준후에게 단도직입적으로 물었다.
 "그렇습니다. 대한민국에는 종합 제철소가 필요합니다."
 "그렇지 않아도 박정하 의장님께서 종합 제철소에 대해서 고민하고 있으셨습니다. 보고를 올렸는데, 대표님과 의견이 통해서 좋다며 웃으셨습니다."

"그러시군요."

차준후가 대수롭지 않게 반응했다. 포항철강을 밀어붙인 박정하의 중공업에 대한 사랑이야 유명하니까.

"특명을 받고 그간 종합 제철소를 세우기 위해 다방면으로 알아봤는데, 여간 어려운 일이 아니더군요."

박태주가 그동안 있었던 일을 줄줄이 토해 냈다.

군사정부는 중공업 발전을 위해 국내에도 종합 제철소가 있어야 한다는 필요성을 절감하고 있었지만, 종합 제철소를 세우기 위해 드는 비용이 너무나도 큰 탓에 좀처럼 진척이 없던 상황이었다.

하지만 박태주는 어떻게든 방법을 찾기 위해 애썼다. 애국심과 열정이 무척이나 넘치는 그였다.

"미국의 USA 스틸과도 협의를 해 보았습니다만, 자신들에겐 쓸모없어진 구형 설비를 값비싸게 떠넘기려고만 하더군요."

간신히 연이 닿은 미국의 철강사인 USA 스틸과 협의를 나누게 되었을 때는 크게 기뻐했지만, 알고 보니 그들이 노후된 구형 설비를 떠넘기려고 했을 뿐임을 알게 되곤 크게 실망하게 되었다.

"모르면 당하는 게 사업이란 거죠."

차준후는 사업의 냉혹함에 대해 잘 알았다.

가진 자는 없는 자에게 자신이 가진 것을 아무런 대가도 없이 베풀지 않았다. 오히려 자신들이 가진 기득권을 지키기 위해 새싹들이 성장하지 못하도록 꾹꾹 눌러 밟았다.

 이후로도 두 사람은 사업에 대한 진지한 이야기를 나눴다.

 '군인 출신인데 사업 이해도가 대단하네.'

 차준후는 박태주를 높이 평가했다.

 잠시 이야기를 나눠 본 것뿐이지만, 제철 산업에 대한 박태주의 이해도가 상당하다는 것을 느낄 수 있었다.

 이런 뛰어난 인물이 있다는 건 대한민국의 복이었다.

 '박태주가 이렇게 적극적인 걸로 봐서 정부 주도로 흘러가겠네.'

 차준후는 제철 산업이 원래의 역사대로 흘러갈 수 있다는 느낌을 받았다.

 "미국과 일본 쪽에 각각 견적을 요청해 봤었는데, 미국에서는 연간 생산량 1톤 규모당 건설비를 300달러, 일본은 180달러 정도로 답변을 받았습니다. 일본이 훨씬 저렴할 뿐만 아니라, 일본 쪽에서는 최신 설비까지 제공한다고 했고요. 그런데 일본과는 공식적인 수교를 맺지 않고 있어서 일본 쪽과는 협력을 진행하기 어려운 상황이죠."

박태주가 쓴웃음을 지었다.

어느 쪽 조건이 좋은지는 명백했지만, 국민들의 일본에 대한 반감이 큰 탓에 일본과 수교를 맺기는 어려운 상황이었다.

그래서 미국의 USA 스틸과 구체적인 협의를 진행해 봤던 것인데, 이야기가 진행될수록 문제가 계속 불거지고 있었다.

일부 정치인과 군인들이 USA 스틸에게 리베이트를 약속받고 구형 설비를 값비싸게 넘겨받으려고 했었다는 사실이 드러난 것이었다.

이 사실을 뒤늦게 파악한 박태주는 경악하여 관련자들을 모두 쫓아냈고, USA 스틸과의 협의는 무산되었다.

대한민국의 국운이 걸려 있는 종합 제철소였다. 장난질을 치는 사람을 박태주는 절대로 용납할 수가 없었다.

"뒷돈을 받아먹는 사람이 있으니 그런 견적이 나올 수밖에요. 저희 스카이 포레스트에서 조사해 본 바로는 연간 생산량 1톤 규모당 건설비 170달러면 충분히 종합 제철소를 세울 수 있었습니다. 이걸 한번 보시죠."

차준후가 스카이 포레스트가 직접 철강사를 세울 때를 가정하여 진행했던 제철소 건립 계획서를 꺼내어 내밀었다.

실비아 디온을 비롯한 스카이 포레스트의 직원들이 밤

낮으로 고생하여 미국 최고의 전문가들에게 검토를 받은 보고서였다.

"이건?"

"저희 스카이 포레스트에서 직접 조사해서 만든 보고서입니다. 이것보다 더 정확한 보고서는 없을 겁니다."

차준후가 건넨 보고서를 천천히 살피던 박태주가 두 눈을 휘둥그레 떴다.

"이렇게 세세한 부분까지 들어가 있다니, 엄청 정교한 계획서이군요. 제공한다는 기술도 제가 들어 보지 못한 최신 공법입니다."

"이왕 만드는 거 세계 최고의 제철소를 목표로 해야죠."

차준후는 항상 최고를 지향했다.

어설프게 만드느니 초기 투자가 많이 들더라도 최고를 목표로 하는 것이 오히려 장기적으로 이득이라 여겼다.

"이걸 가지고 가서 의장님께 보여 드려도 될까요?"

박태주는 지금 보고 있는 보고서의 가치를 대단하다는 것을 직감했다.

그리고 이게 있다면 그동안 막혀 있던 종합 제철소 건립 문제가 해결될 수 있을지도 모른다는 기대감이 생겼다.

"네, 그렇게 하세요. 혹시나 해서 만들어 둔 것일 뿐,

스카이 포레스트는 제철소엔 욕심이 없습니다."

차준후는 욕심 없이 스카이 포레스트의 보고서를 넘겨주었다.

어쩔 수 없는 상황이 온다면 직접 철강사를 세워 볼까 고민했던 것인지, 그럴 필요가 없다면 무리해서 사업을 진행할 생각은 없었다.

적잖은 자금과 직원들의 정성이 들어간 결과물이지만 대한민국 발전에 도움이 된다면 그것만으로 충분했다.

"철강업은 워낙 국가적으로 중요한 산업이다 보니, 기업에 맡기지 않고 정부가 주도하여 진행할 수도 있습니다."

잠시 머뭇거리던 박태주가 중요한 내용을 꺼냈다.

박정하는 종합 제철소를 자신의 치적으로 만들고 싶어 했다. 그렇기에 종합 제철소를 기업이 아닌 정부 주도로 진행하기로 이미 결론을 내린 상태였다.

한마디로 지금 이 보고서를 넘겨주어도 스카이 포레스트는 종합 제철소 사업에 끼어들 수 없다는 의미였다.

"방금 말씀드렸듯이 스카이 포레스트에 딱히 제철소에 욕심이 없으니 신경 쓰지 않으셔도 괜찮습니다."

만일 다른 기업에서 사익을 위해 스카이 포레스트의 보고서를 가져가겠다고 말했다면 모를까, 정부에서 나라를 위해 국책 사업으로 진행하겠다는 것에는 딱히 불만이 없는 차준후였다.

그리고 원 역사에서도 포항철강을 주도하여 세운 건 정부였다. 그저 본래 역사대로 흘러가는 것일 뿐이기에 이는 오히려 바라던 바라고 할 수 있었다.

그렇지 않아도 진행하고 있는 사업이 많은 탓에 머리가 복잡한 차준후였다. 여기에 철강사까지 직접 사업을 진행해야 했다면 여간 복잡한 일이 아니었을 것이었다.

구태여 철강사까지 뛰어들지 않더라도 이미 스카이 포레스트는 주체할 수 없을 정도로 많은 돈을 벌어들이고 있었다.

돈은 많을수록 좋다고 하지만, 차준후는 이제 더 많은 돈을 벌기보다는 조금 편안하고 여유로운 생활을 목표로 하고 싶었다.

스카이 포레스트 미국 법인은 각 부서를 계열사로 분리하며 이제 차준후가 직접 나서지 않더라도 각 계열사의 유능한 대표와 직원들 덕분에 알아서 굴러갔다.

이제는 새로운 사업만 시작하지 않으면 편안하고 안락하게 지낼 수 있었다.

"대표님은 정말 생각이 남다르시네요."

차준후의 뜻을 곡해한 박태주는 감탄사를 토했다.

불같이 화를 내는 게 당연한 상황이었다.

스카이 포레스트에서 열심히 준비한 계획서를 정부가

주워 먹겠다고 하는 것이었으니, 차준후 입장에서는 당연히 달갑지 않을 일이었다.

큰 이익을 벌어들일 수 있는 사업을 간단히 포기하는 차준후의 모습에 박태주는 감탄하지 않을 수 없었다.

"음…… 의장님과 직접 만나 보시는 건 어떻겠습니까? 기왕이면 대표님께서 직접 의장님께 말씀드리는 편이 좋을 듯합니다만."

박태주가 은근히 제안했다.

차준후가 직접 이 좋은 소식을 들고 박정하를 찾아간다면, 제철소 사업에는 끼어들지는 못하더라도 다른 보상을 받을 수 있을지도 몰랐다.

이것이 박태주가 차준후에게 해 줄 수 있는 최대한의 배려였다.

그러나 차준후는 고개를 가로저었다.

"제가 함께 가서 설명을 드리면 괜히 복잡해질 듯하여, 다른 전문가와 함께 보고서를 검토해 보시는 편이 좋을 것 같습니다."

박태주가 어째서 이런 제안을 했는지는 이해했지만, 차준후는 박정하게 잘 보이고 싶은 마음이 없었다.

"허어. 스카이 포레스트에서 만든 보고서인데, 그래도 대표님보다 보고서에 대해 잘 이해하고 있는 전문가가 있겠습니까?"

박태주는 박정하와의 만남을 거절하는 차준후를 도무지 이해할 수 없었다.

박정하를 만나고 싶어 하는 기업가들이 즐비했다. 어떻게든 한 번이라도 만나서 그의 눈도장을 찍고자 했다.

그런데 오히려 차준후는 박정하와의 만남을 회피하고 있었다. 무슨 생각인 건지 박태주로서는 도무지 이해하기 어려웠다.

"제가 말재주가 없어서요."

"청산유수이신데요."

"높은 분을 만나면 제가 긴장을 많이 합니다."

차준후는 박정하와 딱 두 번 대면을 했는데, 그때마다 심장이 밖으로 뛰어나오는 느낌을 받곤 했다.

"하하하! 대표님처럼 의장님을 편하게 대하는 사람은 없을 겁니다."

박태주는 차준후처럼 박정하의 앞에서도 눈치를 보지 않고 할 말을 다 하는 사람은 본 적이 없었다.

그리고 그 모습이 더욱 마음에 들기도 했다.

박정하의 곁에는 사리사욕을 위해 아첨하는 기회주의자들이 득실대는 탓에, 나라와 국민을 위해 당당히 할 말을 하는 차준후 같은 인물은 굉장히 소중했다.

"이번에는 어쩔 수 없이 포기하겠습니다만, 다음에 꼭 시간을 내주십시오. 의장님께서 차준후 대표와 할 이야기가 많은 눈치이십니다."

"알겠습니다. 다음에 꼭 시간을 내 보겠습니다."

물론 지킬 생각이 없는 약속이었다.

* * *

스카이 포레스트 화장품 생산 공장의 포장실에서 근로자들이 바쁘게 포장 작업을 하고 있었다.

위이잉! 위이이잉!

해외에서의 인기가 급증하며 수출 물량이 더욱 늘어난 탓에 포장실로 이어진 컨베이어가 쉴 새 없이 돌아갔고, 컨베이어의 양옆으로 길게 늘어선 직원들은 빠르게 손을 놀렸다.

근력보다는 섬세하고 빠른 손놀림이 필요한 포장실에는 남성보다 여성 근로자들이 더욱 많았다.

"오늘 대표님이 오신다면서?"

"나는 대표님 처음 봐. 너는 본 적 있다며?"

"나도 딱 한 번 봤어. 아주 멋있고 대단해. 딸을 시집보내고 싶을 정도로."

"네 딸은 이제 막 중학교에 들어갔잖아."

"옛날이면 시집보내고도 남았어."

"아무리 그래도 그건 너무 나간 거지. 고등학생인 우리

딸이면 모를까."

위생복을 입은 포장실의 근로자들이 편안하게 대화를 나누면서 일하고 있었다.

그리고 그건 제조실의 근로자들도 마찬가지였다.

"이번 신제품은 참으로 요상하데. 얼굴에 뿌리는 게 화장품이 될 수 있나?"

"아이스 에어라고 하는데, 대표님이 신경을 써서 만든 제품이라고 하더라."

공장실의 제조실에는 SF-NO.1 밀크를 비롯한 화장품들을 만들어 내는 1톤짜리 대형 설비가 쭉 늘어서 있었다.

1톤짜리 대형 설비는 주문량이 늘어남에 따라 하나둘 늘어나더니 이제 8개가 되었고, 이러한 제조실이 무려 8곳이나 됐다.

"아이스 에어 주문이 벌써부터 폭주하고 있다더라. 선 로션도 아이스 에어만큼은 아니지만 반응이 엄청나고. 역시 대표님이 만든 화장품이라니까."

오랜만에 차준후가 신제품을 출시하자 국내외에서 주문이 빗발쳤다.

엄청난 양의 화장품을 만들어 내는 스카이 포레스트의 생산 공장이었지만, 신제품 출시로 주문이 급증해 생산량이 주문량을 따라가기 급급한 상황이었다.

그 덕분에 화장품은 대한민국 수출 일등공신을 차지했다.

 미국뿐만 아니라 프랑스에 자리를 잡은 유럽 지사에도 화장품이 수출되며, 스카이 포레스트의 화장품은 유럽 시장에서도 점차 점유율을 늘려 나가고 있었다.

 스카이 포레스트의 유럽 지사는 원래 덴마크가 유력했지만 막판에 프랑스로 바뀌었다.

 실비아 디온이 덴마크보다 프랑스가 유리할 것이라는 장문의 보고서를 차준후에게 올렸기 때문이었다.

 그녀는 차준후에게 펼쳤던 미인계 공작을 잊지 않고 있다가 덴마크에게 한 방 먹였다.

 유럽 화장품 시장을 꽉 잡고 있는 프랑스 화장품 회사들과의 치열한 경쟁 속에서도 스카이 포레스트의 화장품은 불티나게 팔려 나갔다.

 기존에 없던 혁신적인 제품일 뿐만 아니라, 품질 또한 세계 최고 수준인 스카이 포레스트의 화장품에 유럽인들은 점차 빠져들었다.

 "대표님 오셨습니다. 혹시 포장실도 방문하실 수 있으니 실수하시면 안 됩니다. 아셨죠?"

 작업반장이 근로자들에게 신신당부했다.

 평소 농담을 나누며 근무를 하는 건 일에 지장이 없었으니 용인해 주고 있었지만, 만일 차준후에게도 그런 농담을 건네면 낭패였다.

"우리가 실수할 리가 있나."

"잘할 테니까 걱정하지 마."

"특히 미순이 아주머니는 대표님에게 딸을 소개시켜 주겠다느니 그런 이야기는 하시면 절대 안 됩니다."

혹시라도 아주머니들이 평소 하던 농담대로 정말 중학생 딸을 소개시켜 주겠다며 차준후에게 이야기했다간 큰일이었다.

"칫! 내가 그런 말을 할 것 같아?"

"네."

"사람을 너무 잘 봤네. 대표님이 원한다면 딸을 보내 줘야지. 호호호! 하지만 작업반장을 봐서 이야기는 하지 않을게. 이럴 줄 알았으면 3년만 더 빨리 딸을 낳을 걸 그랬어. 고등학생만 됐어도 진짜로 말해 보는 건데 말이야."

"제발 자중해 주세요."

"알았어."

직원들끼리 허물없이 지내며 편안하게 대화를 나누는 포장실의 분위기는 무척이나 좋았다.

"여기가 제8포장실입니다. 유럽 지사로 보내는 수출 물량을 포장하고 있는 곳입니다."

생산 공장의 간부가 차준후를 안내하고 있었다.

비리

 새롭게 신설된 공장 환경을 둘러보고 있는 차준후였다. 그는 공장 설비도 설비였지만, 그것보다는 직원들의 작업 환경을 더욱 중요하게 살폈다.
 "여기 포장실 직원들이 전부인가요?"
 "아닙니다. 2교대로 돌리고 있습니다."
 "컨베이어가 너무 빨리 돌아가지 않도록 신경 써 주세요. 작업량도 물론 중요하지만, 그렇다고 직원들의 노동 강도가 너무 높으면 곤란합니다."
 "알겠습니다. 각별히 신경 쓰겠습니다."
 차준후가 포장실의 분주하게 손을 놀리고 있는 직원들을 살폈다. 그러다가 자신을 힐끔힐끔 바라보고 있는 한 아주머니에게 물었다.

미순이 아주머니였다.
"일이 힘들지는 않으세요?"
"아이고! 너무 편안해요. 힘든 건 하나도 없어요."
"불편한 점이 있으면 말씀해 주세요. 개선할 부분이 있으면 고쳐야 하니까요."
"여기에서 더 편하면 큰일이죠. 힘들고 불편한 건 눈곱만치도 없어요."
"직접 말로 하기 힘들면, 개선함에다 적어서 넣으셔도 됩니다."
생산 공장에는 개선함들이 있었고, 근로자들은 그곳에 불편한 사항들을 적어서 넣을 수 있었다.
이른바 소원수리함이었다.
하지만 이 정책을 시행한 이후 지금까지 수리함에 들어온 거라곤 사소한 문제들을 지적하는 내용들뿐이었고, 근무 환경과 복지 개선에 대해 지적하는 내용은 단 한 번도 없었다.
"저…… 궁금한 게 하나 있는데요."
"뭐든 편하게 말씀하세요."
"대표님은 결혼 안 하시나요?"
"네?"
차준후가 당황했다. 공장에 관련된 이야기를 할 줄 알았는데, 지극히 개인적인 질문이었다.

"개인적으로 궁금해서요. 물어보면 안 되나요?"

미순이 아주머니는 진심으로 궁금한 표정이었다.

생산 현장과 회사의 복지에는 너무 만족했다. 여기에서 더 바란다는 건 욕심이었다.

그렇기에 가장 궁금한 차준후의 결혼에 대해서 물어봤다. 생산 현장의 여성 근로자들에게 있어 차준후의 결혼은 아주 관심이 있는 부분이었다.

'나도 알고 싶어요.'

차준후와 함께 생산 현장을 시찰하고 있던 실바이 디온이 눈을 반짝거렸다. 자신이 직접 물어보지 못한 질문을 아주머니가 대신해 줘서 무척 고마웠다.

"하하하! 제가 일이 너무 바빠서 아직 연애에는 관심을 두고 있지 않습니다."

"원하시는 조건 같은 건 없으세요?"

"조건이랄 건 딱히 생각해 본 적이 없네요."

어쩌다 보니 일과 전혀 상관없는 질문에 술술 대답하고 있는 차준후였다.

"나이는 상관이 없나요?"

"마음이 통하면 크게 상관은 없지요."

"그럼 중학생도 되나요?"

"컥! 그건 아니지요."

숨이 턱 막히는 듯한 충격을 받은 차준후가 절대 안 된다는 표정을 지었다.

"칫!"

미순이 아주머니가 안타까운 소리를 내뱉었다.

한쪽에 있는 작업반장이 망했다는 표정을 짓고 있었다.

하늘이 원망스러웠다. 하필이면 차준후 대표가 딱 골라 질문한 사람이 미순이 아주머니라는 말인가.

"저는 이만 가 보겠습니다."

차준후가 이상한 질문을 하는 아주머니에게서 떨어졌다. 계속 난처한 질문을 받았다가는 중학생에게 관심이 있는 사람이 될 수도 있어 보였다.

아주머니들의 힘은 강했다. 괜히 아주머니 근로자들에게 엮였다가는 하염없이 끌려갈 수도 있었다.

"이번에는 제조실로 갑시다."

"안내하겠습니다."

차준후가 포장실에서 떠나갔다.

"미순이 아주머니, 제가 그런 이야기는 하지 말아 달라고 부탁드렸잖아요."

"대표님이 물어보라고 해서 물어봤을 뿐이야. 궁금한 걸 물어본 것이 잘못이야?"

"아무리 그래도 중학생을 들먹이는 건 잘못이죠. 대표님이 너무 놀라서 숨이 막힐 뻔했잖아요."

"사랑에 나이가 무슨 상관이야?"

미순이 아주머니는 아직도 차준후 대표에 대한 욕심을 내려놓지 않았다. 포장실에서 그녀는 주책바가지로 통했다.

물론 주책이 심하기는 했지만 포장실의 분위기를 유쾌하고 밝게 만들어 주고는 했다. 이번에는 그것이 너무 강해서 차준후를 곤란하게 만들었지만 말이다.
"대표님이 당황하시는 건 처음 봤다."
"그런 질문을 받을 줄 상상하지 못하신 거지."
"호호호! 천재라고 해도 예상할 수 없는 질문인 거야."
작업반장이 곤란한 표정을 짓고 있었지만 다른 근로자들은 피식거리며 웃고 있었다.

* * *

차준후가 이번에는 협력사들을 둘러보기 위해 움직였다.
"지금 가고 있는 성실의류 공장은 환풍기를 비롯한 설비들이 잘 갖춰져 있고, 그 밖의 환경도 자금을 투자해서 신경을 많이 쓴 편이에요."
옆좌석에 앉은 실비아 디온이 차준후에게 보고를 하고 있었다.
두 사람이 타고 있는 차량은 스카이 포레스트와 거래를

맺고 있는 평화 시장의 성실의류 공장을 향해 달리는 중이었다.

"사진으로 보면 작업대도 멀찌감치 떨어져 있어서 근로자들을 배려하고 좋네요."

1960년대 노동자들의 근무 환경은 무척이나 열악했다. 아니, 열악한 걸 넘어서 참혹하다는 표현이 정확할지도 몰랐다.

이 당시엔 최저임금제도 없었기에 터무니없는 저임금을 주면서 근로자들을 착취해 자신들만 배를 불리는 사업주들이 수두룩한 시대였다.

차준후는 최소한 스카이 포레스트와 스카이 포레스트의 협력사만큼은 근로자들이 제대로 된 환경에서, 제대로 된 대우를 받으며 일하길 바랐다.

"협력사들 중에서도 특히 좋은 평가를 받고 있는 곳이에요."

스카이 포레스트와 거래를 하기 위해서는 일정한 수준 이상의 작업 환경과 복지 체계를 갖추고 있어야만 했기에, 스카이 포레스트의 협력사들은 하나같이 평가가 좋았다.

그리고 성실의류 공장은 그러한 스카이 포레스트의 협력사들 가운데서도 근로자들에게 좋은 평가를 받는 곳이었다.

"기대되네요."

차준후는 진심으로 기대하는 표정이었다.

대한민국 전체를 놓고 보면 극히 일부에 불과하겠지만, 언젠가는 이렇게 시작된 작은 변화가 큰 변화를 만들어 낼 수 있으리라 믿었다.

이윽고 검은색 포드 차량이 공장 앞에 도착했다.

방문 예정에 없던 차량이 다가서자 경비가 다가와 물었다.

"어떻게 오셨습니까?"

"스카이 포레스트에서 주문 물량 출하에 문제가 없는지 확인하러 나왔습니다."

"갑자기요? 아니, 그리고 평소에 오시던 하운택 부장님은……."

"오늘은 하운택 부장님 대신에 차준후 대표님께서 오셨습니다."

"예? 차, 차준후 대표님이요? 잠시만요. 안에 연락을 취할 테니 잠시만 기다려 주십시오."

경비가 당혹감을 감추지 못했다.

그 모습을 차 안에서 지켜보던 차준후는 왠지 모를 불길함을 느꼈다. 아무리 예상치 못한 방문이었다지만 지나치게 놀란 반응이었다.

"안으로 들어가서 기다리죠."

"자, 잠시만요!"

차준후의 지시에 경호원은 경비를 무시한 채 공장 안으로 밀고 들어갔다.

차준후는 곧바로 실비아 디온, 그리고 경호원들과 함께 공장 건물 안으로 향했다.

"음!"

공장 건물 안으로 들어서자마자 지독한 악취가 느껴졌다.

그리고 빽빽하게 늘어서 있는 작업대 앞에서 어린 여공들이 허리도 펴지 못한 채 일을 하고 있었다.

"……사진으로 봤던 것과 너무 다른데요?"

사진으로 봤을 때는 작업대 간격이 무척 넓었는데 실제로는 마치 닭장이라도 연상시키듯 빽빽하게 배치되어 있었다.

그리고 기름 냄새, 땀 냄새, 원단 특유의 냄새가 뒤섞여 지독한 악취가 가득한데도 건물에 붙어 있는 환풍기를 작동시키지 않아, 그냥 가만히 서 있기만 해도 악취 때문에 머리가 어지러울 정도였다.

"하아!"

차준후가 땅이 꺼져라 한숨을 내뱉었다.

머나먼 미국 타지에서 쉴 새 없이 바쁘게 일했어도 힘들다는 생각은 하지 않았던 차준후였지만, 눈앞의 상황을 목도하니 힘이 쫙 빠졌다.

스카이 포레스트의 관계사만큼은 이런 작태가 벌어지지 않게 만들려고 그렇게 힘썼건만, 그 결과가 이거라는 게 견디기 힘들었다.

이건 어떻게 보면 근로자들을 착취해 자신도 모르게 배를 불리고 있었던 것이라고도 볼 수 있었기 때문에 더욱 괴로웠다.

'왜 불길한 예감은 빗나가지 않는 거냐.'

차준후는 몹시 씁쓸했다.

자신은 이제 잠깐 머물렀을 뿐인데도 벌써 소음 때문에 귀가 아프고, 먼지가 목과 코로 들어와 괴로웠다.

그런데 여기서 하루 종일 일했을 근로자들은 어떨지 짐작조차 하기 어려웠다.

"허억! 헉!"

차준후가 참담한 상황에 눈살을 찌푸리고 있을 때, 한 사내가 숨을 헐떡이며 차준후에게 다가왔다.

어디서 자다가 왔는지 머리 한쪽이 짓눌려 있었는데, 얼굴에는 기름이 좔좔 흘렀다.

"차준후 대표님? 처음 뵙겠습니다. 성실의류 사장인 장인상이라고 합니다."

"환풍기들은 왜 돌아가지 않는 겁니까?"

"그게 고장이 나서……."

"건물에 설치된 환풍기가 전부 고장이 났다는 말이죠?"
"예, 예. 서둘러 고치겠습니다."
"환풍기들을 작동시켜 보세요."
차준후의 지시에 경호원들 가운데 한 명이 움직였다.
위이이잉! 위이이잉!
경호원이 전원을 올리자, 멈춰 있던 환풍기들이 힘차게 돌아가기 시작했다.
실내에 가득 차 있던 지독한 냄새가 빠른 속도로 빠져 나가기 시작했다.
"잘 작동하는군요. 왜 꺼 놓았던 겁니까?"
"그것이 전기료가 너무 많이 나와서……."
환풍기들을 계속 켜 놓으면 전기료가 많이 들어갔다. 땅 파서 돈이 나오는 것도 아니고 전기료를 아끼기 위해서 꺼 놓았다.
차준후가 사장을 싸늘한 눈초리로 바라보았다.
"그리고 작업대가 지나치게 다닥다닥 붙어 있고, 공장 규모에 비해 직원들이 많네요. 제가 보고받았던 환경과 너무 다릅니다만."
"그게, 주문 물량을 빨리 처리하려다 보니 어쩔 수 없이 작업자를 늘렸습니다."
사장이 재차 변명을 늘어놓았다.
직원을 늘린 것 자체는 잘못된 일이 아니었다. 실업자

가 그만큼 줄어들게 되니 오히려 좋은 일이었다.

하지만 제대로 된 근무 환경을 갖추지 못한 채 무작정 근로자만 늘린다면, 그건 근로자들의 고통만 배가시킬 뿐이었다.

이건 차준후가 경멸하는 노동력 착취의 노동 현장이었다.

"작업 환경이 계약서상 명시했던 기준에 미달합니다. 아시죠?"

차준후는 더 많은 이윤을 남길 수 있음에도 하청업체에 최대한 단가를 높게 책정해 주고 있었다. 그리고 그것은 근로자들에게 그만큼 더 좋은 근무 환경을 제공해 주는 것을 조건으로 한 단가였다.

그 조건에 미달할 경우, 스카이 포레스트는 가차 없이 거래를 끊었다. 고생하는 근로자들에게 베풀지 않고 자신의 배만 불리는 사업주에게 이익을 가져다줄 이유가 전혀 없었으니까.

"아니, 그게……."

"변명은 듣고 싶지 않으니 묻는 말에만 대답해 주시죠."

차준후의 말투가 점점 서늘해졌다.

공장의 작업대에는 어린 여공들도 적잖이 보였다.

저 어린 몸으로 열악한 공장에서 얼마나 고생을 했을까. 생각만 해도 마음이 아팠다.

"근무 시간은 어떻게 됩니까?

"아침 9시에 출근해서 저녁 6시에 퇴근입니다."

"지금 사장이 말한 시간이 맞나요?"

"……7시에 출근이고, 9시에 퇴근해요. 그리고 잔업을 할 때면 더 늦게까지 일하는 경우도 많아요."

"잔업 수당은 제대로 받았나요?"

"아니요. 사장님이 기분 내키는 대로 쥐꼬리만큼 줬어요. 안 줄 때도 있었고요."

잠시 머뭇거리던 여공이 사장의 눈치를 살피다가 사실을 밝혔다.

작업 환경을 보면 공장이 어떻게 돌아가는지 짐작이 가능했다. 허리 한 번 제대로 펴지 못하고 중노동에 시달렸을 게 분명했다.

"자꾸 거짓말만 늘어놓는군요."

"이번만 주문 물량을 빠르게 해결하기 위해 잠시 무리했을 뿐입니다. 제발 양해해 주십시오. 다시 좋은 환경으로 되돌리겠습니다."

사장이 굽실거리면서 변명을 늘어놓았다.

그러나 차준후는 더 이상 변명을 들어 주고 싶지 않았다.

대화를 나눌 가치도 없었다. 이미 그가 용납해 줄 수 있는 기준을 한참 넘어섰다.

"실비아 비서실장님."
"네."
"모든 협력사의 근무 환경을 전수 조사해 주세요. 그리고 그동안 협력사의 근무 환경을 체크하던 직원들도 감찰을 진행해 주시고요."

차준후는 이번 사태에 큰 배신감을 느꼈다.

성실의류 공장은 분명 스카이 포레스트의 협력사들 중에서도 특히 좋은 평가를 받는 곳이라는 보고서가 올라와 있었다.

또한 보고서에 첨부된 공장 사진도 지금 눈앞의 펼쳐진 모습과는 너무나도 상이했다.

이건 성실의류와 소통하고 있던 하운택 부장이 야합을 한 것이 분명했다.

만약 야합이 없었다 하더라도 문제인 건 마찬가지였다. 이러한 성실의류의 상황을 파악하지 못했다는 건 근무 태만이었다.

이런 직원이 또 있을 거라곤 생각하고 싶지 않지만, 혹시 모르는 일이었다.

차준후는 이번 기회에 전수 조사를 할 필요성을 느꼈다.

"바로 조치할게요."

실비아 디온은 차준후가 진심으로 분노하고 있다는 걸 느꼈다.

스카이 포레스트와 협력업체들에 강도 높은 사정의 칼날이 불어닥쳤다.

 "제발 살려 주십시오. 은행에서 대출을 받아 가면서 공장에 많은 자금을 투자했습니다. 스카이 포레스트에서 하청을 거두면 공장이 망할 수도 있습니다."

 사장이 차준후의 이야기를 듣고 기겁하고 말았다.

 이대로라면 공장이 문을 닫게 되는 것뿐만 아니라, 뒤를 봐줬던 사촌인 하운택에게도 문제가 발생하게 된다.

 성실의류가 스카이 포레스트에게 하청을 받을 수 있게 된 것은 전부 하운택이 손을 써 줬기에 가능했던 일로, 그 덕분에 성실의류 장인상 사장은 스카이 포레스트에게 높은 단가로 하청을 받으며 엄청난 이윤을 챙길 수 있었다.

 그리고 하운택은 그 대가로 그동안 적잖은 리베이트를 받아 왔다.

 차준후가 근로자들의 근무 환경을 개선시켜 주기 위해 준 돈을 장인상과 하운택, 둘이서 전부 챙겨 왔던 것이었다.

 "망할 수도 있는 게 아니라 망하게 해 드리죠."

 차준후로서는 이들을 결코 용서할 생각이 없었다.

 그런데 그때, 당황스러운 일이 벌어졌다.

 "차준후 대표님, 저희는 좋은 환경에서 일하고 있어요."

"제발 저희가 일할 수 있게 해 주세요. 제가 일하지 않으면 집에 있는 부모님 병원비를 낼 수가 없어요."

공장이 망한다는 이야기에 도리어 그동안 착취를 당해 왔던 여공들이 차준후에게 머리를 숙이기 시작한 것이었다.

너무나도 안타까운 1960년대의 현실이었다.

자신들이 착취를 당한다는 사실을 인지조차 하지 못하는 이들이 많았고, 설령 알고 있다 하더라도 이렇게나마 일할 수 있다는 것에 안도했다.

나라가 궁핍한 탓에 부조리가 만연했고, 힘없는 국민들은 그 부조리를 당연하다는 듯이 받아들였다.

차준후는 자신 또한 회귀 전 회사에게 이용만 당했던 부조리의 피해자로서 이러한 사회를 뒤바꾸고 싶었다.

"여러분들을 스카이 포레스트의 직원으로 채용할 테니 걱정하지 마세요. 이런 열악한 환경에서 더 이상 일할 필요 없습니다."

차준후는 성실의류 공장에서 힘들게 일하는 근로자들을 모두 채용해 주기로 결정했다.

나이 어린 여공들까지 채용하는 건 처음이었다. 지금껏 스카이 포레스트는 어린 직원들은 채용하지 않았다.

그러나 이번 일에 있어서는 차준후가 예외를 두기로 했다.

"정말이요?"

"감사합니다. 이제 저희도 스카이 포레스트에서 일할 수 있게 됐네요."

"불행 끝, 행복 시작이다."

"와아아아! 감사합니다! 이제 더 이상 잠 안 오는 약을 억지로 먹어 가면서 일할 필요 없어."

여공들의 환호 속에서 차준후의 신경을 바짝 곤두서게 만드는 이야기가 있었다.

"차준후 대표님, 직원들을 모두 빼내 가시면 저는 쫄딱 망합니다. 제발 선처를 부탁드립니다."

사장이 손바닥을 싹싹 비비면서 이야기했다.

스카이 포레스트의 하청이 끊겨도 다른 곳의 주문을 따낸다면 어떻게든 회생 가능성이 있었지만, 숙련된 기술자들이 한꺼번에 사라지면 다른 곳의 주문을 따내도 아무런 의미가 없었다.

이래저래 사면초가에 빠진 성실의류의 사장이었다.

"잠 안 오는 약이라고요? 설마 그런 것까지 먹여 가면서 일을 시킨 겁니까?"

차준후가 사장을 노려보았다.

잠 안 오는 약은 일종의 각성제로, 부작용이 무척이나 심각했다. 이 약을 먹으면 팔다리가 떨리고, 늦은 새벽까지도 잠이 오질 않아 뜬눈으로 지새다가 다시 출근을 해야 하는 경우도 부지기수였다.

"그것이……."

이번에는 사장이 제대로 변명을 늘어놓지 못했다.

뭐라고 할 말이 없었다.

"사장이 억지로 먹이고 늦은 밤까지 잔업을 시키곤 했어요."

"맞아요. 아주 나쁜 사람이에요!"

"그 약을 먹어서 예빈이 언니는 유산까지 했어요!"

"흐윽! 흑!"

눈물을 흘리고 있는 묘령의 여인이 있었다.

약을 잘못 먹어서 아이를 잃어버린 여인의 구슬픈 울음소리였다.

"예빈이 언니뿐만이 아니에요. 유산을 한 사람이 많아요."

눈물을 흘리고 있는 여인들이 많았다. 유산을 한 여인이 한 명이 아니었던 것이다.

그럼에도 불구하고 돈을 벌기 위해 다시금 공장에 찾아와야 하는 서글픈 신세였다.

그녀는 안타까운 처지였지만 이제 스카이 포레스트의 직원이 됐다. 뼈 빠지게 일해도 수중에 큰돈을 만지지 못했지만 이제는 아니었다.

불행으로 점철됐던 성실의류 노동자들의 삶이 극적으

로 바뀌었다.

반면 이제껏 떵떵거리면서 노동자들을 착취하던 사장의 표정은 흑색으로 바뀐 지 오래였다.

"이번 일은 절대로 그냥 넘어가지 않을 겁니다. 김운보 변호사에게 연락해서 성실의류 공장에 대한 손해배상에 청구하세요. 최대한 많은 금액을 요구하라고 전하시고요."

차준후는 사장에게 대가를 지불하도록 만들 작정이었다.

사람의 탈을 쓸 짐승이었다. 돈을 벌기 위해 임산부에게 부작용이 심한 약을 먹이다니.

절대 있을 수 없는 일이었다.

그러나 슬프게도 1960년대에는 이런 일이 빈번하게 일어났다.

"이런 공장은 사라져야 마땅해요. 공중분해가 될 수 있도록 변호사에게 요청할게요."

실비아 디온도 잔뜩 화가 난 표정이었다.

이건 말도 안 됐다.

영세 업체들도 돈을 벌 수 있도록 배려한 차준후의 은혜를 땅바닥에 내팽개친 것이나 다름없었다. 배은망덕한 사장을 비롯한 관련자들을 절대 가만두지 않을 작정이었다.

"아이고! 살려 주십시오. 집에 노모와 토끼처럼 어린 자식들이 있습니다!"

심각성을 깨달은 사장이 무릎까지 꿇었다.

이제 그야말로 알거지가 될 수도 있다는 걸 인지했다.

스카이 포레스트의 하청 업체가 되어서 잘나가던 사장은 탐욕으로 인해 황금알을 낳는 거위의 배를 갈라 버리고 말았다.

그리고 이제 그에게는 망할 일밖에 남지 않았다.

실비아 디온이 책상 위에 있는 전화기를 들었고, 곧바로 스카이 포레스트 감사실을 찾았다.

"실비아 비설실장이에요. 지금 곧바로 성실의류 공장으로 감사 직원들을 보내 주세요."

그녀의 목소리가 무척이나 서늘했다.

전화를 끊자마자 곧바로 김운보 법무법인으로 전화를 걸었다.

"성실의류 공장에서 비리 문제가 터졌어요. 지금 사태에 대해 어떤 책임을 물을 수 있는지 살펴봐 주세요. 열악한 작업 환경과 말도 안 되는 처우를 목격한 대표님께서 지금 많이 분노하고 계세요."

실비아 디온의 이야기에 심각한 사태가 터졌다는 걸 직감한 김운보가 직접 달려오겠다고 이야기했다.

* * *

 스카이 포레스트의 규모가 급격하게 커지면서 밝은 면이 많았지만, 그에 비례해서 어두운 부분도 생겨났다.
 이번 성실의류 같은 건이 대표적이었다.
 그리고 하운택처럼 하청을 줄 것을 빌미로 협력사에게 리베이트를 받고 있던 직원은 그 한 명뿐만이 아니었다.
 서울 모처의 한 의류 공장의 사장실.
 그곳에서 두 남자가 은밀하게 대화를 나누고 있었다.
 "출고는 언제 가능합니까?"
 "내일이면 가능하지. 요즘 동환 동생이 하청 물량을 넉넉하게 준 덕분에 사업이 아주 잘되고 있네. 고맙네."
 "형님께서 사업을 잘하고 있는 덕분이지요."
 "동생이 하청 물량을 잘 가지고 오는 게 크지. 이번에도 물량은 넉넉하게 가져왔는가?"
 "물론이지요. 다른 곳으로 갈 물량까지 형님 공장으로 돌리느라 고생 많이 했습니다."
 동대문 시장에서 일을 하다가 SF 패션에 취업한 채동환은 현재 영업부에서 일을 하고 있었다.
 그리고 자신에게 주어진 권한을 이용해 이종사촌이 운영하는 의류 공장에 하청을 주었고, 그 과정에서 리베이트를 받았다.

"수고 많았네."

의류 공장의 사장이자 채동환의 이종사촌인 중년 사내가 웃으며 하얀 봉투를 건넸다.

"감사히 받겠습니다."

채동환이 봉투를 열어 안을 확인해 보더니 만족스럽게 웃었다.

"다음에도 부탁하네."

"물론이지요. 물량이 나오면 곧바로 달려오겠습니다. 그런데 요즘 물량을 늘려 달라는 공장들이 많아지고 있어서 제가 조금 곤혹스럽습니다."

"다음에는 금액을 지금보다 2할 더 올려 주겠네."

"곤혹스러운 부분은 제가 처리하겠습니다, 형님. 다음에도 좋은 얼굴로 만나 뵙겠습니다."

원하는 걸 얻어 낸 채동환이 자리에서 일어서며 말했다.

"가게나."

중년 사내가 밖까지 나와 배웅해 줬다.

채동환이 멀리 사라지자 담배를 입에 물며 중얼거렸다.

"도둑놈의 새끼."

스카이 포레스트의 하청을 받기 위해 지속적으로 뇌물을 건네고 있었지만 갈수록 금액을 올려 달라고 해서 고민이었다.

뇌물을 주지 않으면 하청 물량을 다른 공장으로 돌리고도 남을 도둑놈이었다. 상납하는 게 불쾌했지만 그래도 남는 것이 적지 않은 거래였다.
　기분이 꿀꿀해서 성냥갑을 꺼내 담배에 불을 붙이려고 할 때였다.
　"실례합니다."
　처음 보는 호리호리한 체격의 사내들이 문을 열고 안으로 들어섰다.
　"어떻게 오셨소?"
　"스카이 포레스트 감사팀에서 나왔습니다."
　"네?"
　화들짝 놀란 중년 사내의 입에서 담배가 떨어졌다.
　"방금 영업부 직원 채동환 씨와 있었던 일에 대해서 자세하게 알고자 합니다. 모든 걸 소상하게 밝혀 주시면 스카이 포레스트와의 거래가 계속될 수 있도록 선처해 드리겠습니다."
　감찰부서의 사내가 부드럽게 이야기했다.
　이 업장은 그래도 선처할 수 있는 요소가 있었다. 작업 환경이 스카이 포레스트가 요구하는 기준을 충족시키고 있었기 때문이었다.
　이미 사전 조사를 통해 업장의 상태와 직원들의 월급, 복지 등에 대해서 알아낸 상황이었다.

지금 스카이 포레스트의 모든 협력사, 하청 업체들에 대한 동시다발적인 조사가 강도 높게 이뤄지고 있었다.

* * *

희끗희끗한 머리카락이 차준후의 눈에 가득 들어왔다.
"죄송합니다."
스카이 포레스트 본사에서 패션 사업을 총괄하는 상무인 곽호영이 고개를 숙였다.
그는 그간 해외 수출에 집중하면서 직원 관리 및 국내 협력사들 문제를 미처 신경 쓰지 못했다.
대대적인 감사를 통해서 자신이 담당하고 있는 패션 사업 파트 쪽에서만 문제가 발생했다는 사실에 그는 차마 고개를 들 수가 없었다.
화장품을 비롯한 다른 사업 부서에서는 이러한 중차대한 문제는 발견되지 않았다. 이건 곽호영의 운영에 문제가 있었다고 보기에 충분한 일이었다.
"실망이 큽니다."
믿고 맡겼던 만큼 실망감도 크게 느꼈다.
물론 회사라는 게 영업 이익이 가장 중요한 법이지만, 차준후는 돈보다 사람이 우선시되어야 한다고 생각했다.
아직까지 열악했던 성실의류 공장에서 착취당하던 근

로자들의 모습이 뇌리에서 잊히지 않았다.

"먼저 안 좋은 내용을 보고해야 해서 다시 한번 죄송하다는 말씀부터 드리겠습니다. 현재 영업부 직원 11명이 특정 거래처에 계약을 밀어주며 리베이트를 받은 사실을 확인하였습니다."

"그들이 전부입니까?"

"현재까지 드러난 인원이 11명일 뿐, 아직 계속 조사 중인 상황이라 다른 이들의 혐의도 드러날 가능성은 배제할 수 없습니다. 조금만 더 기다려 주십시오."

곽호영은 비리를 저지른 직원들을 원망했다.

그의 입장에서는 부정을 저지른 이는 자신이 아닌데, 하필이면 자신이 관리하는 부서에서 이런 일이 발생한 탓에 덤터기를 쓰게 된 것이나 다를 바 없었다. 억울한 만도 했다.

또한 한편으로는 비리를 저지른 이들의 어리석음에 어이가 없기도 했다.

누구나가 입사하기를 간절히 희망하는 스카이 포레스트였다. 스카이 포레스트처럼 일한 만큼, 아니 그 이상의 보상을 해 주는 기업은 없었다.

그런데 그들은 순간의 욕심을 참지 못하고 최고의 기업에서 최고의 대우를 받을 수 있는 기회를 잃게 된 것이었다.

그뿐만이 아니었다.

이제 그들은 스카이 포레스트와 연관된 어떤 분야에도 발을 붙이지 못하게 될 것이었다.

차준후가 그렇게 만들 게 분명했다.

"하아."

차준후는 깊은 한숨을 내쉬었다.

잘나가고 있다고 생각한 스카이 포레스트의 내부에 멍이 들고 있었다.

부족함이 없게끔 충분한 대우를 해 줬다고 생각했기에 더욱 커다란 충격과 배신감이 밀려들었다.

1960년대에 21세기 수준의 복지를 제공하고 있는 포레스트였다. 그것은 가난한 대한민국에서 스카이 포레스트의 직원들만이라도 우선 행복하게 살아가길 바라는 차준후의 배려였다.

그런데 자신은 최대한 베풀었다고 생각했는데, 돌아온 게 배신이었으니 뒤통수가 얼얼할 수밖에 없었다.

"그리고 대부분의 비리는 대부분 친인척들을 통해 이루어진 것으로 확인됐습니다. 하운택 부장이 가장 먼저 사촌이 운영하는 성실의류에 계약을 밀어주기 시작했고, 이것이 영업부에 암암리에 퍼지며 비리가 자행된 것 같습니다."

"음······."

차준후가 침음을 흘렸다.

결국 성실의류에서부터 이 모든 일이 시작된 것이었다.

왜 이리 나쁜 일은 전파력이 강한 것일까.

만일 이번에 성실의류를 통해 스카이 포레스트 내부에서 이런 일이 자행되고 있음을 파악하지 못했다면, 문제는 훨씬 심각해질 수도 있었다.

거대한 댐도 작은 구멍으로 무너지는 법이었다.

지금 당장은 패션 사업 파트의 영업부에서만 비리가 벌어진 것으로 파악됐지만, 조사가 진행되면서 다른 부서에서도 이런 일이 벌어졌음이 드러날 수도 있었다.

또한 당장은 벌어지지 않았다 하더라도, 나중에라도 이런 일이 벌어질 수 있는 가능성이 없지 않았다.

차준후의 얼굴이 일그러졌다.

젠장!

최대한 직원들을 배려해 주고 있는데, 왜 이런 일이 벌어지는 거야.

"원인이 뭐라고 생각하십니까?"

"그게…… 그들은 자신들이 더 좋은 대우를 받아야 했다고 생각했던 것 같습니다."

"예?"

이게 도대체 무슨 말이란 말인가?

차준후가 당황을 금치 못하자, 곽호영이 조심스럽게 입

을 열었다.

"······그게 직원들 사이에서 전영식 수석 디자이너를 비롯해 일부 임직원들이 특혜를 받고 있다는 이야기가 돌고 있는 거 같습니다. 이번에 비리를 저지른 이들은 그게 부당하다며, 자신들을 제대로 대우해 주지 않아 이런 짓을 저질렀다고 주장하고 있습니다."

실제로 스카이 포레스트에서는 전영식을 비롯하여 일부 직원들은 다른 직원들과 비교도 할 수 없는 연봉을 받고, 운전기사가 딸린 차량을 지급받는 등 엄청난 대우를 받고 있었다.

일반 직원들의 연봉과 복지 혜택도 대한민국을 넘어 세계 어느 기업과 비교해도 최고 수준을 자랑하지만, 일부 직원들은 상대적 박탈감을 느끼며 불만을 품은 것이었다.

사람의 욕심은 끝이 없었다. 아무리 가진 것이 많아도, 남이 가진 것에 욕심을 내는 게 인간이었다.

물론 대부분의 이들은 그 욕심을 억누르며 인간답게 살아가지만, 이번에 비리를 저지른 이들처럼 어리석은 인간들도 있었다.

"뭐라고요? 특혜?"

차준후는 기가 차서 말문이 막혔다.

천부적인 재능을 지닌 전영식은 디자인과 관련된 업무

라면 부서를 가리지 않고 관여를 해 왔다.

회사 로고와 화장품 용기 디자인, 의류 디자인 등 전영식이 만들어 낸 디자인의 가치는 말로 표현할 수 없을 정도로 드높았다.

전영식은 그가 한 일에 비하면 부족한 대우를 받고 있다고도 볼 수 있었다. 오히려 더 파격적인 대우를 받아야 마땅했다.

"누구든 능력만 증명하면 같은 대우를 받을 수 있는데, 도무지 이해가 안 가는군요."

차준후는 아무런 이유도 없이 누군가에게 특혜를 제공하지 않았다. 나이, 성별, 국적과 상관없이 능력만 증명한다면 누구든 중용하고, 최고의 대우를 해 주었다.

우수한 인재 한 명의 역량이 회사의 운명을 바꿀 수도 있다는 그는 잘 알고 있었다. 그렇기에 남들의 눈에 다소 과도해 보이는 돈을 쏟아부으면서까지 인재 영입에 힘썼던 것이었다.

그리고 실제로 스카이 포레스트는 그들의 노력을 밑바탕으로 엄청난 성장을 이룰 수 있었다.

물론 스카이 포레스트의 성장이 일부 인재들의 노력만으로 이루어진 것은 아니었으며, 모든 임직원이 고생을 해 주었기에 가능한 일이었다.

그 사실을 잘 알고 있기에 차준후는 성과에 따른 보너

스를 아낌없이 뿌렸던 것이기도 했다.

그런데 마치 일부 직원이 능력과 상관없이 특별한 대우를 받은 것처럼 표현하다니, 도무지 무슨 생각인 건지 이해할 수가 없었다.

"자신들의 비리를 감추기 위한 추악한 변명일 뿐입니다. 그냥 한 귀로 듣고 흘리시면 됩니다."

"아닙니다. 이건 그냥 넘겨서 될 일이 아니죠. 회사의 기강을 바로잡아야겠습니다. 영업부뿐만 아니라 패션 사업 파트의 직원들을 모두 대강당에 모이도록 해 주세요."

차준후는 특단의 조치를 내릴 생각이었다.

이런 불만을 품고 있는 이들이 있다는 사실을 알고도 내버려둘 수는 없었다.

뛰어난 인재들에 대한 안 좋은 소문이 계속 돌면 그들에게 악영향이 갈 수도 있었고, 또한 평범한 직원들도 영향을 받아 똑같이 안 좋은 생각을 품게 될지도 모르는 일이었다.

일이 더 커지기 전에 반드시 바로잡아야 했다.

"알겠습니다."

곽호영이 밖으로 나갔다.

각자 할 일에 집중하고 있던 패션 사업 파트의 직원들이 모두 일손을 내려놓고 넓은 강당에 모였다.

"갑자기 무슨 일이야?"

"요즘 사업이 잘되고 있으니까, 대표님께서 성과급을 주시려고 모이라고 한 걸 수도 있어."

"좋은 일이겠지. 의류 수출이 잘되고 있잖아. 직원들 사기를 크게 진작시키려는 혜택을 내놓을 거라고 봐."

"벌써부터 심장이 두근거린다."

직원들이 갑작스러운 사태를 좋은 쪽으로 해석했다.

"대표님께서 이런 적이 없었는데……."

"조금 불안해."

반면 몇몇 직원들은 무척 불안했다.

직원들을 배려해서 가능한 근무 시간을 빼앗지 않으려고 하는 차준후의 성격을 누구보다 잘 알았기 때문이었다.

좋지 않은 신호였다.

아니나 다를까. 얼굴을 굳힌 차준후가 높은 단상 위로 모습을 드러냈다.

평소 직원들을 너그러운 눈빛으로 바라보던 차준후와는 완전히 달랐다.

차준후의 심상치 않은 표정을 목격한 직원들이 굳어 버렸고, 강당이 쥐 죽은 듯이 조용해졌다.

적막감에 쌓인 강당에서 차준후의 서늘한 음성이 튀어나왔다.

"저는 회사를 창립하면서부터 줄곧 뛰어난 인재는 그

만한 대우를 해 주겠다고 약속해 왔습니다. 그리고 항상 그 약속을 지켰습니다. 회사의 큰 이익을 가져다준 사람에게 당연히 그만한 보상이 주어져야 한다고 생각했기 때문입니다."

차준후의 말이 이어지면서 강당의 분위기가 더욱 싸늘하게 식어 버렸다.

왜 이런 이야기가 나오는지 알았다.

근래 들어 부쩍 회사 내에서 정말 능력 있는 이들이 대우를 받고 있는 게 맞느냐며 불만을 늘어놓는 이들이 늘어났기 때문이었다.

"그런데 이러한 저의 경영 방침에 불만을 가진 분들이 있다는 보고를 받았습니다."

차준후는 말을 이으며 강단 안에 자리한 직원들 중 몇몇을 바라보았다. 바로 비리를 저질렀던 직원들이었다.

차준후와 시선을 마주친 비리 직원들의 안색이 창백하게 질렸다.

양심의 가책을 느끼는 이들은 고개를 숙였고, 몇 명은 당당하다는 듯 뻣뻣하게 고개를 든 채 도리어 불만 어린 표정을 지었다.

직원이 회사의 대표에게 저런 태도를 보인다는 건 일반적인 회사에서는 상상조차 할 수 없는 일이었다.

그러나 차준후는 이젠 세계적인 대기업을 이끄는 총수

가 되었음에도 가진 바 위상에 비해 직원들과 자주 교류하며 편안하게 대해 주었다.

그 덕분에 스카이 포레스트에는 직원들이 가감 없이 직언을 할 수 있는 분위기가 형성될 수 있었다.

다만 이러한 분위기에는 부작용도 존재했다.

지금처럼 차준후를 편하게 대하는 걸 넘어서, 무례하게 행동하는 자들이 생기기 시작한 것이었다.

"영업부의 채동환입니다. 대표님, 제가 이야기 좀 드려도 괜찮겠습니까?"

뻣뻣하게 고개를 들고 있던 채동환이 발언을 요청했다.

채동환?

비리 직원 가운데 한 명이잖아.

무슨 말을 할지 무척이나 기대됐다.

"해 보세요."

차준후가 요청을 받아들였다. 어떻게 떠드는지 들어 보고 싶었다.

"직원들 중 누구도 뛰어난 인재가 대우를 받아야 한다는 대표님의 방침에 불만을 갖고 있진 않습니다. 다만, 그렇지 못한 사람이 과도한 대우를 받고 있기에 그런 이야기가 나온 것이라 생각합니다. 가령 전영식 수석 디자이너는 제대로 출근도 하지 않는데, 그런 대우를 받는 건 잘못되었다고 봅니다."

채동환은 전영식이 많은 대우를 받는 게 불만이라는 듯 이야기했지만, 사실은 자신이 그 정도를 대우를 받지 못하는 게 불만이었다.

그는 집안 사정 때문에 자퇴를 했지만, 서울에 위치한 대학을 다녔던 학력이 있었다.

스카이 포레스트에 취업을 할 때도 그 학력을 강력하게 어필할 정도로, 그는 대학을 다녔다는 사실에 대단한 자부심을 가지고 있었다.

그리고 그런 자신이 전영식보다 부족한 점이 없다고 생각했고, 어째서 자신보다 전영식이 좋은 대우를 받는지 이해하지 못했다.

"후. 지금 분명히 말하겠습니다. 전영식 수석 디자이너는 그만한 대우를 받을 자격이 있음을 스스로 증명했고, 그에 따라 저는 인재를 대우하겠다는 약속을 지킨 것뿐입니다. 채동환 사원을 포함해 그 누구라도 그런 능력을 증명한다면, 저는 똑같이 혜택을 줄 겁니다."

차준후는 채동환에게서 일그러진 시기심을 느꼈다.

그럴 수는 있다. 사촌이 땅을 사면 배가 아픈 것이 인지상정이니까.

다만 그런 마음을 대놓고 드러내면서 회사 분위기를 망가뜨리는 건 심각한 일이었다.

"도대체 그 기준이 뭡니까? 저는 우수한 직원들이 그만한 대우를 받지 못하고 있다고 생각합니다."

채동환이 목청을 높였다.

그는 스스로가 뛰어난 인재라고 생각하고 있었다.

그리고 실제로 스카이 포레스트에 입사한 후 여러 수출 계약을 성사시켰고, 회사에 적지 않은 이익을 벌어다 주었다.

그에 스카이 포레스트에서는 채동환에게 성과금을 지급했지만, 그는 자신이 벌어 온 이익에 비하면 하잘것없다고 여겼다.

만약 자신이 창업을 해서 그 수출 계약이 성사시켰다면?

포상금과는 비교도 할 수 없는 엄청난 돈을 벌어들일 수 있었을 것이라고 채동환은 생각했다.

그야말로 말도 안 되는 착각이었다.

해당 업체들은 채동환이 아닌 스카이 포레스트라는 회사를 보고 계약을 체결한 것이었고, 그 이전에 그가 해당 업체와 미팅을 할 수 있었던 것 자체가 스카이 포레스트의 인프라가 없었다면 성사될 수 없는 이야기였다.

그러나 채동환은 그러한 사실들을 망각한 채 마치 자신의 능력만으로 수출 계약을 성사시켰다고 착각하고 있었다.

"맞는 말입니다. 그동안 성과급을 비롯한 복지 혜택에

대한 명확한 기준이 존재하지 않은 탓에, 자신이 받아야 할 것을 받지 못한다고 생각하시는 분들이 계실 수 있다고 생각합니다. 그래서 이제부터라도 그 기준을 만들 생각입니다."

차준후는 채동환의 헛소리에 머리가 지끈거렸지만, 인정할 건 인정하기로 했다.

전 세계 어느 기업을 뒤져 봐도 찾을 수 없는 복지를 제공하고 있었으니 복지에 불만을 가지는 직원이 없을 거라 생각했지만, 불분명한 기준으로 차등적인 복지가 제공되었으니 충분히 오해가 생길 수 있는 일이었다.

호의로 베풀었던 복지로 인해 이러한 상황에 이르렀다는 점에서 차준후는 몹시 불쾌했지만, 이들이 원한다면 기준을 세워 주기로 마음먹었다.

"그럼 전영식 수석 디자이너가 받던 복지를 저희들도 받을 수 있게 되는 겁니까?"

채동환이 쟁취해 냈다는 의기양양한 표정을 지었다.

'대학교까지 다녔으니까, 나도 수석 디자이너처럼 대우를 받을지도 몰라.'

김칫국을 거하게 마시는 채동환이었다.

1960년대에는 21세기보다 대학 진학률이 낮은 건 맞지만, 그렇다고 해서 대학만 나왔다고 해서 어디든 취업할 수 있는 건 아니었다.

오히려 일자리가 부족했던 1960년대에는 대학생이라 할지라도 취업률이 무척이나 낮았다.

그러나 채동환은 대학을 나온 몇몇 뛰어난 이들이 승승장구를 하는 것을 보며, 자신 또한 그들과 똑같다는 착각에 빠져 있었다.

"와아! 결국 동환이 말이 맞았어."

"대표님께서 통 크게 우리의 요구를 들어주신 거야."

"이제 우리도 좋은 혜택을 누려 보자."

채동환 옆에 있던 사람들이 기쁜 기색을 숨기지 않았다.

그들은 영업부 사람들로, 채동환과 마찬가지로 하청 업체들에게 갑질을 하고 리베이트를 받은 이들이었다.

"신설되는 기준을 충족하여 자신의 능력을 증명한다면 누구라도 그에 합당한 혜택을 줄 겁니다."

기준을 맞춰라!

그럼 당신들도 대우받을 수 있다.

"그 기준이라는 건 어떻게 됩니까?"

"신설될 기준은 조만간 게시판에 공지할 예정입니다."

차준후는 임직원들이 더 이상 왈가왈부할 수 없도록 명확한 기준을 세우고자 했다.

그동안은 기준이 불분명한 탓에 다소 너그러운 기준으로 성과급을 지급하고 했지만, 이제는 기준에 맞춰 칼같이 지급할 생각이었다.

한마디로 빡빡해진다는 것이다.

그동안은 차준후의 호의로 그만한 성과가 아님에도 포상을 받았던 이들은 이제 더 이상 받지 못하게 될 터였다.

차준후는 차라리 잘된 일일지도 모른다는 생각이 들었다.

목표를 세울 수 있는 명확한 기준이 생긴다면 직원들은 그 조건을 충족시키기 위해 더 열심히 일할 수 있게 될 수도 있었다.

"이야기가 잠시 다른 쪽으로 샜군요. 여러분들을 이렇게 한자리에 모은 이유는 용납할 수 없는 일이 벌어졌기 때문입니다. 현재 감사팀에서 몇몇 직원이 하청 업체에서 리베이트를 대가로 계약을 밀어주었다는 사실을 확인했습니다."

차준후의 서늘한 목소리에 더 큰 복지 혜택을 누릴 수 있게 됐다며 착각에 빠진 채 좋아하던 사람들이 화들짝 놀란 표정을 지었다.

"어떤 놈들이 그런 천인공노할 짓거리를 한 겁니까?"
"뇌물을 받은 놈들이 대체 누구죠?"
"그런 놈들은 절대로 가만둬서는 안 됩니다."
직원들이 분노했다.

스카이 포레스트처럼 챙겨 주는 회사가 세상에 어디에 있는가. 아주 죽으려고 환장한 짓을 벌인 것이었다.

찔리는 구석이 있는 직원들의 얼굴은 그야말로 백지장처럼 하얗게 변해 버렸다.

"하청 업체와 짜고서 뇌물을 받고, 심지어 기준에 맞지 않는 하청 업체의 만행을 눈감아 주는 행위까지 저질렀습니다. 이는 절대로 용서할 수 없는 일입니다."

차준후가 분노의 일갈을 터트렸다.

"대표님, 혹시 증거가 발견된 겁니까? 설마 증거도 없이 직원들이 뇌물을 받았다고 몰아붙이시는 건 아니겠죠?"

채동환이 딱딱하게 굳은 표정으로 말했다. 제 발 저린 것이다.

"증거요? 감사팀에서 하청 업체의 자백 진술서와 장부를 비롯해 다양한 증거를 확보했습니다."

스카이 포레스트 감사팀은 하청 업체 사장들이 만약의 경우를 대비해 뇌물 액수와 뇌물을 건넨 날짜 등을 기록해 둔 장부를 비롯해 이들의 비리를 입증할 여러 증거를 확보했다. 빠져나갈 구멍은 없었다.

"끝까지 빠져나갈 궁리만 하는 걸 보니 일말의 미련마저 사라지는군요. 리베이트를 대가로 부적합한 업체와 계약을 체결하여 회사에 피해를 끼친 채동환 씨를 비롯한 분들은 더 이상 스카이 포레스트의 직원이 아닙니다."

혹시나 무언가 이유가 있던 것은 아닐까 이 자리에 불러 이야기를 들어 보았던 것인데, 괜한 짓이었다.
 이들은 그저 제 욕심을 채울 생각밖에 없는 쓰레기들이었다.
 "대표님, 잘못했습니다. 용서해 주십시오."
 증거가 있다는 이야기에 채동환의 안색이 시커멓게 변했다.
 "다시는 그러지 않겠습니다. 제가 잠시 미쳤었습니다. 잘못했습니다."
 "한 번만 용서해 주십시오."
 채동환과 함께 비리를 저질렀던 영업부 직원들도 용서를 빌었다.
 차준후의 배려로 세계 최고 수준의 연봉과 복지를 받으면서도 감사한 줄 몰랐던 그들이었다.
 그러나 그 모든 걸 잃게 되자, 그제야 자신들이 누리던 것이 얼마나 엄청난 것인지 깨달았다.
 전 세계를 뒤져도 스카이 포레스트처럼 직원을 대우해 주는 곳을 찾기 어려운데, 아직 최빈국인 대한민국에서 이만한 회사를 찾을 수 있을 리가 없었다.
 "사람은 누구나 실수를 할 수 있다고 생각합니다. 실수를 반성하고, 다시는 같은 실수를 반복하지 않으려고 하면 되는 거죠. 하지만 제 탐욕을 채우기 위해 다른 이들의 기회를 빼앗는 행위는 도저히 용서할 수 없습니다."

만약 이들이 차준후가 내건 방침에 따라, 근로자들의 근무 개선에 힘쓰는 업체와 계약을 맺었다면 수많은 근로자들의 삶이 달라질 수 있었다.

하지만 이들은 자신들의 욕심을 채우기 위해 차준후의 방침을 무시했고, 그건 수많은 이들이 더 나은 삶을 살 수 있는 기회를 빼앗은 것이나 다름없었다.

"한 번만 용서해 주십시오. 지금까지 회사를 성장시키기 위해 불철주야 노력해 왔는데, 한 번만 더 기회를 주실 수 있지 않습니까?"

마지막까지 구질구질하게 매달리는 해고된 사람들이었다.

"부적합한 업체에 하청을 밀어주고, 리베이트를 받는 행위가 회사를 성장시키기 위한 노력이었다는 겁니까?"

이들은 아직도 자신들이 무슨 짓을 저지른 것인지 제대로 깨닫지 못한 모습이었다.

스카이 포레스트가 여기까지 성장할 수 있었던 건 제 욕심이나 채우려고 비리를 저지르던 이들 덕분이 아니라, 회사의 방침을 믿고 따라 주며 성실하게 일해 준 직원들 덕분이었다.

어디서 그들의 노력에 숟가락을 가져다 대려는 거야.

이들이 이야기를 늘어놓을수록 차준후를 불쾌하게 만

들 뿐이었다.

말을 섞을수록 불쾌해질 뿐인데 계속 필요가 뭐 있겠는가.

"대표님, 재고해 주십시오."

"전 아무런 잘못이 없어요. 그냥 나쁜 놈의 잘못된 꼬임에 넘어갔을 뿐이라고요."

"살려 주세요. 해고되면 살아 나갈 희망이 사라지는 겁니다."

해고자들의 애걸복걸이 계속 이어졌다.

"곽호영 상무님, 뒷일을 부탁합니다."

크게 실망한 차준후가 곽호영에게 말하고 자리를 떠났다.

"깔끔하게 처리하겠습니다. 맡겨 주십시오."

두 주먹을 불끈 쥔 곽호영이 다부지게 대답했다. 그 역시 지켜보면서 짜증이 마구 밀려왔다.

'감히 대표님을 어떻게 보고 있는 거냐.'

채동환이 말할 때 복장이 뒤집어지는 줄 알았다.

하마터면 이성을 잃고 뛰쳐나가 이들의 멱살을 잡고 흔들 뻔했다.

하지만 제일 화가 났을 차준후도 꾹 참고 있는데, 자신이 먼저 나설 수는 없었기에 입술을 질끈 깨물면서 참았다.

'대표님이 직원들을 얼마나 생각하셨는데!'

어떻게 하면 직원들의 근무 환경이 더 나아질까, 어떤 복지를 만들어야 직원들이 좋아할까 항상 고민하던 차준후였다.

그런 차준후의 호의를 이렇게 갚는다고?

사람이라면 이래서는 안 되는 거다.

"지금까지 아무런 기준 조건 없이 지원되던 복지들의 기준을 세우는 등 전면 재검토를 진행할 계획입니다. 앞으로 지금까지처럼 무조건적인 복지는 없을 것이고, 오로지 성과를 보이는 이들에게만 혜택이 주어질 겁니다."

곽호영이 풍족한 혜택들에 대한 대수술을 선언했다.

일례로 스카이 포레스트는 배움을 원하는 직원이 있다면 묻지도 따지지도 않고 돈을 지원해 주었다.

그러나 이제는 업무에 적합한 교육인지 철저히 검토하고, 제대로 교육을 이수했는지 확인하는 절차를 거치는 등 체계적인 제도를 만들 예정이었다.

그동안은 직원들을 믿고 모든 절차를 생략해 한 채 업무와 무관한 일이라 하더라도 복지 차원에서 무조건적인 지원을 해 주었지만, 이는 충분히 악용될 수 있는 일이었다.

마음만 먹는다면 회사에서 지원받은 교육비를 다른 곳에 쓰더라도 걸리지 않을 수 있었다.

차준후의 직원들에 대한 맹목적인 믿음 탓에 스카이 포레스트는 혜택이 너무 환상적인 반면, 직원들에 대해 엄격함이 부족했다.

  이번 기회에 비리 직원들을 해고하면서 회사 전체를 살펴봐야 할 때였다.

  "이게 모두 부정부패를 저지른 당신들 때문에 벌어진 일이야! 게다가 차준후 대표님께서 크게 실망하셨잖아! 어떻게 할 거야?"

  "젠장! 나는 직장에서 잘리게 생겼다고! 내가 뭘 더 해야 하는데?"

  "너는 해고당하는 게 맞아. 그런데 남은 우리들은 너 때문에 피해를 봐야 한다고!"

  "웃기는 소리! 당신도 회사에서 더욱 많은 돈과 혜택을 받기 위해 동조해 놓고, 지금에 와서 다른 소리를 하면 안 되지."

  영업부 직원들 사이에서 고성이 오갔다.

  스카이 포레스트라는 최고의 직장에서 잘리게 된 사람들 가운데 일부는 마구 소리를 치고 있었고, 또 다른 일부는 바닥에 주저앉아 울부짖었고, 몇 명은 곽호영의 바짓가랑이를 붙잡고 늘어졌다.

  "상무님, 한 번만 봐주세요."

  "대표님을 마음 아프게 한 어리석은 당신들에게 더 이

상의 기회는 없습니다. 경비! 이 사람들을 밖으로 쫓아내세요!"

곽호영은 단호했다.

버티고 있던 해고자들이 경비와 직원들에 의해 강제로 밖으로 쫓겨났다.

* * *

차량을 타고 용산 후암동으로 향하고 있는 차준후의 고심이 깊어졌다.

'기업윤리부서를 만들어서 회사 내부의 교육을 강화시켜야겠어. 올바른 가치관을 가지고 회사 생활을 할 수 있도록 조치해야겠다.'

차준후는 기업윤리부서를 신설해서 윤리경영을 하려고 했다.

윤리경영은 스카이 포레스트가 경영 및 활동을 함에 있어 기업윤리를 최우선으로 생각하겠다는 새로운 방침이었다.

21세기 대기업들은 윤리경영이 필수라는 의식을 가지고 있었다. 소비자들에게 신뢰를 받는 기업이 되기 위함이었다. 대중들로부터 신뢰를 잃어버리면 결국 기업은 문을 닫을 수밖에 없었다.

무엇보다 차준후는 사회적 책임을 다하는 걸 중요하게 생각했다. 그러기 위해서는 직원들의 마음가짐이 제대로 잡혀 있어야 한다.

비리 없이 투명하고 공정하게!

모두가 납득하는 합리적인 업무 수행!

모두와 함께 잘 살아갈 수 있도록 노력하는 스카이 포레스트의 경영 정신이라고 할 수 있었다. 기업의 궁극적인 목표는 이익 극대화이지만 스카이 포레스트는 아니었다.

기업의 윤리경영은 단순히 직원들의 부정부패를 통제하거나 잘못된 비리를 감시하는 것이 아니다. 잘못된 부분을 바로잡아서 사회적으로 책임을 다하는 경영을 통해 존경받는 기업으로 자리매김할 수 있는 방편이었다.

차준후의 생각과 일치하는 윤리경영의 가치관이었다.

교육 부족으로 인해 잘못을 저지르는 직원들도 있다고 봤다. 소 잃고 외양간 고치는 격이기도 했지만, 앞으로 지금과 같은 사태가 또다시 일어나지 않도록 준비하였다.

그는 스카이 포레스트를 이끌어 나는 수장이었다.

직원들은 그에게 자식이나 마찬가지였다.

아버지가 자식들을 대하는 것처럼 정말 직원들을 끔찍하게 챙기는 차준후였다. 직원들을 존중하고 챙기는 그의 섬세하고 자상한 자세는 아직도 현재진행형이었다.

제4장.
복지재단

복지재단

 스카이 포레스트는 계약을 할 때 명시했던 근무 환경 개선과 직원 복지와 관한 문제를 지키지 않은 업체들에게 거래 중지를 통보했고, 이 과정에서 스카이 포레스트에 손실이 있을 경우엔 그에 따른 배상금도 청구했다.
 그리고 거래를 유지하는 거래처들과는 기존 계약서에 명시되어 있는 근무 환경 개선과 직원 복지와 관련된 조항들을 더욱 구체적으로 수정하여 계약서를 다시 작성했다.
 기존에는 어떻게든 계약서의 문구를 슬그머니 피해서 빠져나갈 구멍이 있었을지도 모르지만, 이제는 은밀하게 수작을 부리기란 불가능해졌다.
 그리고 만일 해당 조항을 어김으로써 계약이 파기될 시, 스카이 포레스트의 사업에 차질을 빚게 되어 입게 되는 손실에 대해 배상을 청구할 것임을 다시 한번 강력하게 주지시켰다.

서울의 한 의류 공장의 점심시간.
직원들이 공장 식당에서 점심 식사를 먹고 있었다.
아침 일찍부터 고된 일을 했기 때문에 식사가 꿀맛이었다. 그리고 그뿐만 아니라 요즘 들어서 식당에서 나오는 반찬 가지 수와 질이 무척이나 좋아졌다.
"요즘 들어서 고기도 나오고 음식이 너무 좋아졌어."
"다 이유가 있단다."
"일하기 편해졌어. 요즘만 같으면 소원이 없겠다. 사장이 잔업수당을 당일에 꼬박꼬박 줘서 너무 좋아."
"늦게 지불했다가는 스카이 포레스트에게 큰일이 나니까 그러지."
"무슨 소리야?"
"스카이 포레스트와의 계약 조건에 잔업 수당을 당일에 지급할 거라고 명시되어 있어. 이걸 지키지 않았다가 바로 계약을 해지당한 공장들이 있어서 사장이 당일에 바로 지급하는 거야."
"그렇구나. 이 모든 게 차준후 대표의 은덕이구나."
"그렇지. 저 짠돌이 사장은 잔업 수당을 최대한 늦게 주면서 이득을 챙기려고 했었지. 마지못해 주는 거라고."

"우리 같은 노동자들까지 챙겨 주니 너무 고맙다. 솔직히 차준후 대표 정도 위치에 오르면 우리 같은 사람들은 눈에 들어오지 않잖아."

"초심을 잃지 않고 사람을 소중하게 대해 주니까 대단한 사람이지."

"차준후 대표 같은 사람이 정치를 해야 하는데. 차준후 대표가 대통령이 되었으면 좋겠다."

"이 사람아! 입조심해! 말 함부로 했다가 잡혀갈 수도 있어."

"우리끼리니까 하는 소리지."

스카이 포레스트와 협력사들의 근무 환경에 더욱 확실한 기준이 만들어지기 시작했다. 그리고 그 기준이 제대로 지켜질 수 있도록 임직원들에게 확실히 주지시켰다.

비 온 뒤에 땅이 굳어진다는 말처럼 스카이 포레스트와 협력사의 근무 환경은 한층 개선되었다.

명확한 기준을 세운 뒤 확실하게 관리를 하니 이전과 같은 일은 더 이상 벌어지지 않고, 더 많은 이들이 좋은 환경에서 일할 수 있게 되었다.

* * *

회귀 후 벌써 1년이라는 시간이 흘렀고, 그 1년 동안 회귀 전과 너무나도 다른 삶을 살아왔지만 차준후는 여전히 임준후로서 살던 때의 자신을 잃지 않고 있었다.

그는 자신만큼은 회귀 전 자신이 겪었던 일을 자신들의 직원들만큼은 겪지 않기를 바랐다.

또한 가능하다면 스카이 포레스트의 직원들뿐만 아니라, 대한민국의 모든 노동자가 사람다운 삶을 살기를 원했다.

만약 차준후가 평범하게만 살다가 회귀를 했다면 이런 생각까진 갖지 못했을지도 몰랐다.

그러나 오로지 회사에 충성만을 바치며 살아왔으나, 끝내는 이용만 당하다 버려지는 경험을 했기에 제대로 된 대우를 받지 못하고 고생만 하는 근로자들의 마음을 누구보다 잘 이해하고 있었다.

특히 이번 성실의류 공장을 통해 끔찍한 환경에서 일하는 이들의 모습을 다시 한번 눈으로 확인하며, 없는 자들의 고통을 느낀 차준후였다.

지금까지는 사업으로 어려운 사람들을 돕는다고 생각했다. 스카이 포레스트의 직원과 협력사 노동자, 협동조합원들만 해도 수많은 사람이 차준후의 덕을 보고 있었다.

그러나 부족했다. 사업 이외의 영역에서도 대한민국에 공헌할 수 있는 길이 있어야만 한다는 걸 절실히 느꼈다.

1960년대에는 힘들게 살아가는 사람들이 너무 많았다.

많이 나아졌다지만 여전히 세끼를 꼬박꼬박 챙겨 먹지 못하는 이들도 있었으며, 어려운 형편에 학교를 가지 않고 일을 하는 청년들도 있었다.

또한 몸이 아파도 병원비가 없어서 병원 문을 두드려 보지도 못하고 집에서 버티다 죽는 이들도 허다했다.

그에 차준후는 이번에 스카이 포레스트 복지재단, SF 복지재단을 설립하기로 마음먹었다.

이미 다 쓰고 죽지도 못할 만큼 천문학적인 돈을 벌었을 뿐만 아니라, 가만히 앉아만 있어도 엄청난 돈이 계속해서 통장에 들어오고 있었다.

이제는 더 많은 돈을 벌기 위해 고민하는 게 아니라 어떻게 해야 돈을 잘 쓸 수 있을까 고민이 되는 시점이었고, 고민 끝에 복지재단을 떠올린 것이었다.

"이런 큰일을 맡겨 주셔서 감사합니다, 차준후 대표님."

SF 복지재단의 이사장으로 선임된 양윤옥이었다.

"중책을 맡아 주셔서 감사합니다. 양윤옥 이사장님이 안 계셨다면 누구에게 이사장을 맡길지 고민을 오래 했을 겁니다."

양윤옥은 차준후가 광복회와 독립운동가 가문을 돕다가 알게 됐다. 존경심이 절로 들 수밖에 없는 대단한 여인이었다.

독립운동가였던 그녀는 광복 이후에는 어려운 사람들

을 돕는 데 일생을 바치며 살아오고 있었는데, 이번에 차준후의 요청으로 복지재단을 맡게 되었다.

"힘들게 번 돈을 이렇게 복지재단에 출연해 주셔서 감사합니다."

양윤옥이 차준후를 존경 어린 눈빛으로 바라보았다.

그녀가 볼 때, 차준후는 대한민국 경제를 성장시키려고 노력하는 경제 투사였다. 일본 기업들과도 싸우고 있기에 투사라는 표현이 결코 과하지 않았다.

총칼을 들고 싸우는 것만큼이나 험한 경제 전쟁의 가장 일선에 서 있는 인물이라고 해도 과언이 아니었다.

그리고 그렇게 치열한 전쟁 끝에 번 돈이었다.

아무리 돈이 많다고 해도, 힘들게 번 만큼 남을 위해 그 돈을 쓴다는 선택을 내린다는 건 쉬운 일이 아니었다.

고생한 만큼 그 부를 누리고 싶은 게 당연했다.

"스카이 포레스트의 성공은 저 혼자만의 고생으로 만들어진 게 아니니까요. 함께 노력해 준 직원들과 스카이 포레스트를 사랑해 준 국민들이 있기에 지금의 저도 있는 겁니다. 그걸 다시 보답하는 것뿐이죠. 그 전부터 사회복지를 신경 써야겠다고 생각했었습니다."

"대표님은 말도 참 비단결처럼 곱게 하네요. 그런 마음을 복지 혜택을 받는 국민들이 알아줄 겁니다."

"누가 알아봐 달라고 하는 일은 아닙니다. 이걸로 많은 분들의 삶이 나아진다면 그걸로 된 일이죠."

차준후의 이야기에 양윤옥의 입가의 미소가 진해졌다. 대한민국에 차준후와 같은 사업가가 나온 것이 홍복이었다.

"재단을 운영하시는 데 필요한 게 있으면 언제든 편하게 말씀 주세요."

"음...... 그러면 혹시 의료 복지 쪽으로 도움을 좀 받을 수 있을까요? 아무래도 학교 문제는 제가 당국과 협의를 하면서 진행할 수 있을 것 같은데, 의료 문제는 제 힘만으로는 어려울 듯해서요."

차준후는 양윤옥에게 교육과 의료 복지에 가장 신경을 써 달라고 요청을 했었다.

대한민국이 변화하기 위해서는 우선 이 두 가지가 가장 중요하다고 판단했기 때문이었다.

돈을 벌기 위해 교육을 포기하는 악순환은 빈익빈을 만들어 낼 뿐이었고, 그 악순환을 끊어 내기 위해서는 누군가의 도움이 필요했다.

그에 학비를 비롯해 교육에 필요한 모든 비용을 모두 지원하는 학교를 설립하고, 우수한 성적을 거둔 학생들에게는 장학금까지 지급할 수 있도록 해 달라고 이야기했다.

공부를 열심히만 해도 어린 나이에 나가서 일을 하는

것보다 더 많이 벌 수 있도록 만들어 준 것이었다.

그러나 여기까지는 정부와 협의하여 사립 학교를 세우면 되는 문제였지만, 의료 문제는 절차가 훨씬 복잡했다.

"어떤 걸 도와 드리면 될까요?"

"우선은 기존 병원들에게 협력을 받는 형태로 진행할 예정인데, 종국에는 재단에서 직접 운영하는 병원이 설립되면 어떨까 해요."

아무래도 직접 운영하는 것과 다른 곳의 협력을 받는 것에는 차이가 있을 수밖에 없었다.

양윤옥은 가능하다면 병원도 학교처럼 직접 설립하여 운영한다면, 더 많은 이들에게 복지를 제공할 수 있으리라 여겼다.

"알겠습니다. 제가 한번 알아보죠."

단순히 병원 하나를 지을 뿐이라면 차준후에겐 어려운 일이 아니었다.

그러나 당연히 그 정도를 목표로 하지 않았다.

해외에서 최신 의료 장비를 들여오고, 미국의 실력 좋은 의사들까지 초빙하여 한국 최고의 병원을 서울뿐만 아니라 전국 각지에 설립하는 것을 목표로 했다.

무엇을 하든 최고를 목표로 하는 차준후였다.

물론 미국의 실력 좋은 의사들을 대한민국이라는 타국까지 데려온다는 게 쉬운 일은 아니겠지만, 그들이 만족

할 만큼 엄청난 연봉을 제시한다면 불가능도 가능하게 만들 수 있을 터였다.

그걸로 부족하다면 그들에게 집을 제공해 주고, 병원에도 원하는 시설, 설비를 마련해 주는 등 어떠한 요구라도 들어줄 의향까지 있었다.

차준후는 이게 그만한 가치가 있는 일이라고 생각했다.

이걸 계기로 대한민국의 의료를 선진국 수준으로 끌어올리고, 수많은 이들의 목숨을 살릴 수만 있다면 이 정도 투자는 아무것도 아니라고 여겼다.

"홉킨스 병원에게 의료 기술 협력도 요청해 봐야겠네요."

"미국에서도 유명한 홉킨스 병원과의 협력이라면 너무나도 환상적이죠."

홉킨스 병원은 미국에서 선두에 서 있는 병원이었다. 원래대로라면 대한민국의 신생 병원과 협력을 맺을 이유가 없었다.

그러나 차준후가 직접 출자하여 설립한 복지재단의 병원이라면 이야기가 달랐다.

이미 우로키나아제 치료제를 통하여 차준후의 식견을 확인한 홉킨스 병원은 차준후를 매우 높게 평가하고 있었다. 앞으로도 차준후와 긴밀한 관계를 이어 나가기를 바랐다.

차준후의 요청이라면 긍정적으로 받아들일 가능성이 높았다.

"우로키나아제 치료제를 투여받지 못하고 죽는 환자들이 없도록 신경을 써 주세요."

"물론이죠. 대표님이 우로키나아제 치료제와 병원비를 지원해 준다고 병원 관계자들에게 이미 공문을 보내 놨어요. 그쪽에서도 쌍수를 들고 환영하더라고요."

병원과 의사들은 이번 SF 복지재단의 설립을 크게 반겼다. 그도 그럴 것이 돈 때문에 치료하지 못하고 죽어가는 사람을 일선에서 보는 게 바로 그들이었다.

이제 SF 복지재단 덕분에 죽어 갈 환자들의 목숨을 살릴 수 있게 됐다.

* * *

〈여러분의 오줌이 귀중한 외화를 벌어들입니다. 한 방울이라도 통 속에!〉

공중화장실에 표어가 붙었다.

언뜻 보면 장난이라고 느낄 수도 있지만 아니었다. 정부의 허락을 받은 스카이 포레스트에서 대대적으로 사업을 밀어붙인 것이었다.

학교와 군대, 버스터미널 등 사람들이 많이 모이는 곳에는 오줌을 모으는 흰색 플라스틱 통이 비치됐다.

대한민국의 소변 독점권을 가지고 있는 스카이 포레스트에서 직원들을 새롭게 채용했다. 냄새나고 더러운 일을 해야 하는 직원들이기에 월급이 상당했고, 일을 하겠다고 지원하는 사람들이 구름처럼 몰려들었다.

육식이 아니라 채식을 선호하는 한국인들의 오줌은 품질이 좋았다. 정확히 말하자면 한국인들의 소변 안에 들어 있는 우로키나아제 효소를 활용해 만든 치료제가 특히 효과가 뛰어났다.

그렇기에 화학 처리를 한 소변이 수출되기까지 한 것이었다. 미국, 유럽, 일본 등 대한민국의 소변을 원하는 국가들은 많았다.

그러나 이제는 화학 처리한 소변이 아니라 스카이 포레스트에서 완제품으로 비싼 가격에 우로키나아제 치료제를 수출하는 것이 가능했다.

"헐! 오줌으로 외화를 번다고? 믿기지가 않네. 이건 한강물을 팔아먹은 봉이 김선달보다 더하다."

친구와 함께 공중화장실로 소변을 보러 온 사내가 깜짝 놀랐다.

"신문도 안 봤냐? 미국에서 스카이 포레스트가 오줌을 재료로 사용해서 아주 끝내주는 약을 개발해 냈다고 했어."

"정말 대단하다."

"중풍 치료제라고 하더라. 그걸 외국으로 수출까지 하는데, 심지어 일본에서의 생산과 판매는 독점으로 진행한다는 점이 특히 엄청나지."

"오줌으로 약을 만들어서 수출한다니 놀랍다. 아, 그러면 이제 난 수출역군이나 마찬가지네? 내가 스카이 포레스트에 무료로 약의 원료를 제공하는 거잖아."

"뭐, 그렇게도 볼 수 있지. 스카이 포레스트에서는 무료로 오줌을 받는 대신에 복지재단을 설립해서 전국에 학교랑 병원도 세워서 무상으로 교육을 받고 치료도 받을 수 있게 해 준다더라고."

"이야! 그동안 근로자들을 열심히 챙긴다는 건 알고 있었는데, 이제는 전 국민을 챙기려고 하는구나."

"국가도 해내지 못한 일을 스카이 포레스트가 해내는 셈이지."

"우리나라에 스카이 포레스트가 있는 게 정말로 고맙다."

"우리나라는 스카이 포레스트라는 잘난 기업 보유국이지. 천재 차준후도 함께."

"힘줘서 오줌을 한 방울이라도 더 통 안에 넣자고."

"물론이지."

공중화장실에 모여든 이들이 스카이 포레스트의 복지재단에 힘을 보태기 위해 노력했다.

* * *

 용산 인근의 허름한 판잣집.
 앞마당에는 쑥을 비롯한 풀이 타오르면서 연기를 자욱하게 피우고 있었다.
 모깃불이었다.
 극성인 모기들을 쫓기 위해 불을 피웠지만 효과는 그리 크지 않았다. 이런 모깃불이 판잣집들 여기저기에서 타올랐다.
 "크윽! 큭!"
 일과를 마치고 돌아온 가장인 김영근이 견디기 힘든 통증에 가슴팍을 움켜쥐었다. 며칠 전부터 심장 부근이 아파 왔다.
 "경원이 아버지! 괜찮아요?"
 밥상을 들고 들어오던 그의 아내가 화들짝 놀라서 다가왔다.
 "조금만 참으면 괜찮아. 잠깐 답답해서 그런 것이야."
 식은땀을 줄줄 흘리면서도 김영근은 괜찮다고 이야기했다.

"아무리 봐도 심상치 않아요. 지금 당장 큰 병원에 가 봐요."

"어허! 무슨 소리. 내 몸은 내가 잘 알아."

"돈 아끼려다가 몸 상할까 봐 걱정이에요."

차도가 보일 것 같던 김영근의 상태는 호전되지 않고 오히려 나빠진 듯 보였다. 그리고 동네의 작은 한의원을 찾아가서 맥을 잡아 보기도 했지만 별다른 이상이 없다고 이야기했다.

한의사는 집에 돌아가서 잘 먹고 푹 쉬면 낫는다고 처방했고, 그걸 김영근은 믿었다.

아니, 믿고 싶었다.

"진짜로 아프면 큰 병원에 갈 거니, 잔소리하지 마."

그놈의 돈이 문제였다.

돈만 많다면 당장이라도 큰 병원에 가서 진료를 받아 볼 텐데, 모아 둔 돈은커녕 빚밖에 남아 있지 않았다.

시골에서 서울로 상경을 할 때 빌린 돈을 갚아 나가기 빠듯한 와중에, 또 자식들 학비도 벌어야 하기에 병원비에 쓸 여윳돈은 없었다.

"경원이 아버지, 스카이 포레스트에서 치료비 지원을 해 준다는 이야기 들었나요?"

"뭐? 무슨 말도 안 되는 소리."

"아니에요. 제가 똑똑히 들었어요. 이번에 무슨 약을

개발했는데, 가슴이 답답한 환자들에게 무상으로 치료해 준다고 했단 말이에요. 스카이 포레스트는 원래부터 좋은 일을 많이 하는 기업이잖아요."

"정말?"

"네. 그러니까 한번 큰 병원에 가 보자고요. 그리고 병원에 무상으로 치료가 가능한지 물어봐요."

"흠! 공짜라면 가 봐야지."

김영근이 병원에 가기로 마음먹었다. 지금껏 돈 때문에 망설였었는데, 공짜라면 양잿물도 마실 수 있었다.

"엄마, 아빠! 어디 가?"

"아빠랑 잠깐 나갔다가 올 테니까, 경원이 잘 돌보고 있어라."

큰딸에게 막내아들을 부탁한 부부는 곧장 가장 가까운 곳에 위치한 대형 병원으로 향했다.

그리고 그곳에 가서 증상을 설명한 뒤, 정말 무상 치료를 받을 수 있는지 물었다.

"예, 맞습니다. 치료비는 무상으로 스카이 포레스트에서 지원할 겁니다. 그러니 걱정하지 마시고 진료를 받으시죠."

의사가 웃으면서 말했다.

이번에 스카이 포레스트는 우로키나아제 치료제와 치료비를 무상으로 지원한다고 병원과 의사협회에 공문을 돌렸다.
 의사는 그동안 돈이 없어서 죽어 가는 사람들을 많이 봐 왔다. 안타까웠지만 치료비가 많이 들어가는 사람들을 구제할 방법이 솔직히 없었다.
 그런데 스카이 포레스트가 그런 환자들을 구제할 수 있는 복지 정책을 내놓았다. 정말 훌륭한 회사였다.
 김영근은 곧장 진료를 받았고, 진료를 끝낸 의사가 심각한 표정으로 물었다.
 "평소 가슴이 많이 답답하지 않으셨나요?"
 "맞습니다."
 "지금 심장으로 향하는 중요 혈관이 혈전으로 막혀 있는 걸로 보입니다."
 "예? 그게 무슨 말씀이신지……."
 "심장마비로 죽을 수도 있는 위험한 상태라는 겁니다."
 "아이고! 경원이 아버지가 죽으면 안 돼요! 의사 선생님! 제발 이 사람을 살려 주세요!"
 "지금 여기서 치료하기는 어렵고, 세브란 병원에 소개장을 써 드릴 테니 그쪽으로 한번 가 보세요. 그쪽에서도 치료비는 무상으로 지원받을 수 있을 테니 걱정하지 마시고요."
 세브란 병원은 세연대학교의 의과대학으로, 서울에서 손가락에 꼽히는 대형 병원이었다.

우수한 의료진과 고가의 첨단 장비들이 있어 수많은 이들의 목숨을 살려 내는 곳이지만, 그만큼 치료비가 비싸서 가난한 사람들에겐 악명이 높기도 했다.

돈 없는 사람은 세브란 병원에서 치료받는 걸 꿈조차 꾸기 어려웠다.

그러나 스카이 포레스트의 도움으로 이제 대한민국의 혈관 질환 환자들은 세브란 병원에서 무상으로 치료를 받을 수 있었다.

"이 사람을 살려 줘서 정말 고맙습니다."

"감사합니다, 의사 선생님."

김영근 부부는 그 유명 대학병원에서 치료를 받을 수 있다는 사실에 연신 고개를 숙이며 감사를 표했다. 심지어 부인의 얼굴에서는 눈물이 줄줄 흘러내렸다.

"제가 아닌 스카이 포레스트에 고마워하셔야지요. 환자분께서 무상으로 치료를 받을 수 있는 건 전적으로 스카이 포레스트 덕분이니까요."

스카이 포레스트라고 해도 대한민국의 모든 환자를 도울 수는 없었다.

그러나 우로키나아제 치료제를 직접 생산할 수 있기에 관련 환자들만큼은 돈이 없어서 치료를 못해 죽는 이들이 없게끔 만들었다.

다행히 김영근은 늦지 않게 세브란 병원에서 치료를 받

고 완쾌할 수 있었다.

 그처럼 대한민국의 수많은 환자들이 SF 복지재단의 도움으로 목숨을 구하는 이들이 계속해서 생겨났다.

「죽을 뻔한 위기에서 살아난 환자 김영근 씨. 그는 스카이 포레스트 덕분에 죽음에서 벗어날 수 있었다고 이야기하고 있다.」

「SF 복지재단. 외롭고 가난하고 소외된 사람들을 위해 따뜻한 손길을 내밀다.」

「진정한 사회 환원을 차준후 대표가 보여 준다.」

「어려운 사람을 위해 그동안 벌어들인 이익을 뜻깊게 사용하는 스카이 포레스트.」

「더욱 많은 사람들에게 혜택을 주기 위해 노력하겠다는 복지재단 이사장 양윤옥. 이사장은 복지재단의 주된 사업이 학교와 의료에 집중될 것이라고 밝혔다.」

 기분 좋은 뉴스들이 신문의 일면을 장식하고 있는 덕분에 오늘따라 신문 가판대 주변에 사람들이 많이 모여들었다.

 "SF 복지재단 덕분에 죽지 않고 새로운 삶을 얻은 사람들이 많네."

 "공짜로 치료받았다면서?"

"아픈데도 병원에 갈 돈이 없어서 치료를 못하고 있었다잖아. 하마터면 큰일이 날 수도 있었는데 다행인 일이지."

"스카이 포레스트가 최고야. 차준후! 만세다!"

"국가도 못해 주는 일을 기업이 하고 있어."

"차준후는 정말로 난놈이야."

"어허! 어디서 놈이라고 하는 거냐. 분이나 님이라고 해야지."

"스카이 포레스트는 대한민국의 국민기업이다."

"맞아. 자랑스런 국민기업이지. 스카이 포레스트처럼 국민을 사랑해 주는 기업은 없어."

"학교를 무상으로 다닐 수 있게 해 준다라? 얼마나 많은 돈이 들어갈까?"

"차준후를 두고서 왜 돈을 걱정하는 거냐. 그건 가장 미련한 짓이야. 그저 차준후가 베푸는 혜택을 고맙게 누리면 되는 거라고."

"집 근처에 스카이 포레스트 학교가 세워졌으면 좋겠다. 돈이 없어서 자식 교육을 못 시키고 있는데, 덕분에 자식 놈이 원하는 대로 제대로 공부해 봤으면 해."

SF 복지재단에 대한 소문이 번개처럼 전국으로 퍼져 나갔다. 스카이 포레스트가 보여 줄 밝은 미래에 대한 기대감으로 한국인들의 가슴이 한껏 부풀어 올랐다.

어렵고 힘들어서 밥을 제대로 먹기도 힘든 가정들에 SF 복지재단의 등장은 한 줄기 빛과도 같았다.

스카이 포레스트는 이제 한국인들의 마음속 진정한 국민기업이 되어 버렸다.

* * *

김일태의 집안은 4·19 혁명이 일어난 시기에 완전히 풍비박산이 나고 말았다.

그의 아버지는 의류 공장을 운영하고 있었다.

그러던 어느 날, 평소 알고 지내던 중개업자를 통해서 고등학교에 천여 벌의 교복 납품을 주문받았다. 은행에서 대출까지 받아 가면서 비싼 원단을 구입했고, 미싱사들과 함께 고생해서 교복을 완성시켰다.

그리고 교복 납품한 뒤 대금을 기다리고 있었는데, 중개업자에게서는 아무런 연락이 오지 않았다.

결국 김일태의 아버지는 기다리다 못해 교복을 납품한 학교를 방문했는데, 이미 교복값을 중개업자에게 지급했다는 답변을 받았다.

아뿔싸!

김일태의 아버지는 사기를 당하고 말았다.

교복 대금을 모조리 챙긴 사기꾼은 이미 도망을 가 버

린 상황이었다. 경찰에 신고를 했지만 종적이 묘연해서 찾을 수가 없었다.

그리고 찾는다고 해도 돈을 회수할 수 있을지 의문이었다.

김일태의 아버지는 은행에 이자를 지급하지 못했고, 은행은 대출원금 상환과 이자 독촉을 해 댔다.

결국 김일태 아버지는 공장과 살고 있던 집을 팔아야만 했다.

그렇게 빚은 청산했지만, 하루아침에 판잣집으로 이사를 가야만 하는 암울한 상황이 벌어졌다.

집안 꼴은 아주 엉망이었다.

김일태는 집안 형편 때문에 고등학교를 그만둬야만 했다. 깊은 좌절감 때문에 삐뚤어지고 싶었지만 사랑하는 가족들을 위해 일자리를 찾았다.

그에게는 참으로 아쉬운 일이 있었다.

그는 용산 후암동에 스카이 포레스트가 자리를 잡고 처음으로 직원들을 채용할 때 그 현장에 있었다. 열심히 일할 수 있었지만 아쉽게도 나이 때문에 채용되지 못했다.

그때 스카이 포레스트에 취직했다면 집안 형편이 나아졌을 텐데…….

김일태는 새벽부터 저녁 늦게까지 구두통을 들고 구두 닦이를 하고 다녔다. 발바닥이 부르트도록 돌아다녀도 돈벌이가 시원치 않았다.
"일태야! 편지가 왔다."
"제게요? 어디에서요?"
"스카이 포레스트에서 왔더구나."
"네? 빨리 편지 보여 주세요."
"여기 있다. 무슨 내용인지 엄마도 궁금해. 뜯어 보고 싶어서 혼났어."
 봉투를 찢자 그 안에서 정갈한 글씨체로 적힌 서신이 나왔다.
 서신은 김일태 학생에게라고 시작하고 있었다.
 깔끔한 글씨로 써져 있는 편지를 읽고 있는 김일태의 눈빛이 마구 흔들렸다.
 서신 말미에 '차준후'라는 활자가 그의 눈에 크게 들어왔다. 편지를 보낸 사람은 다름 아닌 차준후였다.
 대한민국 최고의 기업인이 구두닦이를 하면서 입에 풀칠만 겨우 하고 있는 그를 잊지 않고 이렇게 편지를 보내 준 것이었다.
 주르륵! 주르륵!
 눈에서 눈물이 흘러나왔다. 볼을 타고 흐르는 눈물을 주체할 수가 없었다.

 사기꾼들이 넘쳐 나는 세상이 각박하고 아주 더럽고 시

제5장.
화폐 개혁

화폐 개혁

궁창만 같다고 생각했다. 그런데 따뜻하고 신경을 써 주는 사람들이 있는 살기 좋은 세상이었다.

"무슨 일이니?"

울고 있는 김일태를 보면서 엄마가 걱정했다.

"너무 고마워서요. 차준후 대표님이 제게 장학금을 주신다네요."

김일태가 소매로 눈물을 닦아내면서 편지를 건넸다.

"어머! 이제 다시 공부를 할 수 있겠다!"

SF 복지재단의 장학생으로 선정되었다는 내용이었다.

공부에 필요한 넉넉한 자금을 고등학교 내내 지원하고, 성적에 따라 대학교까지 지원해 줄 수 있다는 내용을 담고 있었다.

"그토록 공부를 하고 싶어 했잖니. 열심히 공부하면 대학교도 다닐 수 있겠다. 머리가 좋은 너라면 충분히 할 수 있어."

"열심히 공부해서 검사가 될 거에요. 그래서 사기꾼들을 싹 다 잡아들일 거고, 차준후 대표님처럼 어려운 사람들을 도울 겁니다."

상당한 장학금은 김일태가 구두닦이를 하면서 버는 것보다 훨씬 많았다. 아껴서 사용하면 엉망진창이 된 집안까지 건사할 수 있을 정도였다.

차준후는 스카이 포레스트에 지원했던 김일태를 비롯한 어린 학생들을 잊지 않고 있었다. 채용을 하지는 못했지만 학업을 지원해 줄 수는 있었다.

그렇기에 복지재단을 통해서 마음을 아프게 만들었던 어린 학생들에게 장학금을 넉넉히 지원해 줬다. 더 이상 돈 때문에 아파하지 않고 마음껏 학업에 집중할 수 있도록 해 준 것이다.

복지재단의 장학생 선정 편지를 받은 어린 학생들의 숫자가 상당했다. 그들의 공통점은 스카이 포레스트에 지원했다가 나이 하한선에 걸려서 퇴짜를 맞았다는 점이었다.

그렇지만 그 퇴짜에 대한 보상이 이뤄졌다.

학교에서 공부하라며 채용을 거절했던 차준후는 자신의 말을 지켰다.

* * *

 울산공업단지라는 큰 산을 넘은 군사정부는 새로운 서광을 찾으려고 했다. 복잡하고 어수선한 국내 상황을 호전시키기 위한 방편이 필요했다.
 전 정부의 무능과 부패 청산을 내걸면서 강력한 경제성장을 내세웠지만, 울산공업단지를 빼놓으면 성과가 시원치 않았다.
 쿠데타를 통해 정권을 잡은 군사정부는 국민들이 납득할 수 있는 경제 활성화와 성장을 이끌어 내야 한다는 압박에 쫓겼다.
 그렇기에 극소수의 사람들만 참여한 하나의 계획을 은밀하게 추진하였다. 철저하게 비밀을 유지하였는데, 그 계획은 바로 통화의 호칭을 환에서 원으로 바꾼다는 것이었다.
 이른바 화폐 개혁이었다.
 기존의 화폐를 새로운 화폐로 교환하지 않으면 휴지 조각이 될 수밖에 없다는 점을 이용해 부정축재자가 은닉하고 있을 현금을 찾아내고, 고리대금업자들의 색출하여 퇴장(退藏) 자금을 끌어내어 침체된 경제를 활성화시키고 경제 개발에 필요한 재원을 확보하기 위함이었다.

60년대에는 지하경제가 엄청난 시대였다.

현금을 가장 많이 보유하고 있는 개인이 사채업자였고, 성삼의 이철병조차 당장 자금을 융통하기 어려울 때는 사채 시장을 돌아다닐 정도였다.

사채 시장에 흘러 다니는 현금만으로도 울산공업단지 같은 걸 몇 개는 더 지을 수 있다는 소문까지 돌곤 했다.

군사정부 입장에서는 정부조차도 외국에 굽신거리고 차준후의 도움을 받아 간신히 울산공업단지를 조성하였으니 이러한 상황이 탐탁지 않을 수밖에 없었다.

심지어 지금도 차준후가 발을 빼면 언제든 문제가 벌어질 수 있었기에, 정부는 어떻게든 근본적인 문제를 해결하고 싶은 게 당연했다.

결국 군사정부는 화폐를 환에서 원으로 바꾸는 계획을 단행하며 10환을 새돈 1원으로 교환해 주고, 기존의 모든 재산 표시 가격을 1/10로 평가절하하였다.

가장 큰 문제는 한 가구당 교환할 수 있는 돈이 최대 5,000환에 불과하다는 점이었다. 그 이상의 돈은 은행에 6개월 이상 저금한 뒤에나 다시 찾을 수 있었다.

이러한 내용을 담은 긴급통화조치법을 하루아침에 공포하고 시행하니 전국에서는 난리가 벌어졌다.

갑작스레 기존의 화폐를 사용할 수 없게 된 탓에 은행에서 구권을 신권으로 교환하려는 이들이 하루 종일 밀려들며 엄청난 혼란이 빚어졌다.

너무 갑작스럽게 단행된 탓에 부작용이 심각했다.

도리어 국내 경제는 큰 혼란에 빠져들며 금융 시장은 얼어붙었고, 흉작으로 식량난까지 겹치자 대한민국 경제는 더욱 나락으로 떨어졌다.

경제 개발에 필요한 재원을 확보하려던 군사정부의 계획은 완전히 틀어졌고, 도리어 경제를 악화시키는 악수가 되어 버렸다.

군사정부는 어떻게든 상황을 수습하기 위해 발 빠르게 대책을 강구하려 움직였지만, 뚜렷한 대책은 나오지 않았다.

그에 박정하는 이번에도 차준후에게 도움을 받고자 했지만, 차준후는 정부의 부름에도 바쁘다는 이유로 거절하며 움직이지 않았다.

결국 박태주가 차준후를 만나기 위해서 직접 스카이 포레스트 본사로 향했다.

"화폐 개혁에 대해 어떻게 생각하십니까?"

"혼란은 어쩔 수 없겠죠. 뜻은 좋았지만 너무 급진적이었습니다."

차준후는 화폐 개혁의 취지 자체는 나쁘지 않다고 생각했다.

그리고 개혁 취지를 떠나서 환보다 원에 익숙하기도 했

고, 이승민 전 대통령이 그려져 있는 화폐를 쓰기 싫기도 했다.

 아무리 화폐 개혁에는 무조건 혼란이 뒤따를 수밖에 없다지만, 화폐 개혁으로 인해 발생할 수 있는 부작용들을 사전에 면밀히 검토하고 대비책을 충분히 마련한 후에 시행했어야만 했다.

 물론 화폐 개혁이 시간을 두고 천천히 준비되었다면, 이 사실을 알게 된 부정축재자와 고리대금업자들이 지하자금을 세탁할 수 있는 시간적 여유를 주게 될 수도 있었기에 간단한 문제는 아니었을 것이었다.

 하지만 아무리 그래도 이건 너무 급작스러운 개혁이었다. 조금만 더 준비를 했으면 어땠을까 하는 아쉬움이 생길 수밖에 없었다.

 그리고 이번 화폐 개혁은 차준후조차 예상치 못한 일이었기에 더욱 골치가 아픈 상황이었다.

 원 역사에서는 1962년 6월 9일에 발표되었던 긴급통화조치법이었는데, 어째서인지 박정하는 1년이나 일찍 화폐 개혁을 단행했다.

 박정하가 화폐 개혁을 앞당길 줄은 차준후도 예측할 수 없는 일이었다.

 "죄송합니다. 극비리에 진행했기 때문에 최고회의 내에서도 아는 사람들이 적었습니다."

박태주가 고개를 숙였다.

이번 화폐 개혁은 한국은행의 총재에게도 사전에 공유되지 않았을 만큼 은밀하게 계획되었다. 새로운 화폐도 국내에서 만들지 않고, 해외에서 만든 뒤 들여와 철저하게 관리하고 있었다.

그 은밀함과 신속함 덕분에 부정축재자와 고리대금업자들이 구권을 세탁할 겨를이 없어지긴 했지만, 그 정도가 지나친 탓에 찾아온 부작용이 너무 심각해서 해결책이 보이질 않았다.

정부에서는 이번 화폐 개혁을 이용해 국민들의 재산을 반강제적으로 예금에 묶어 두며 이를 경제 개발에 이용할 계획도 세워 두고 있었으나, 사회적 불안감을 야기시키며 오히려 예금이 감소하는 상황이 펼쳐졌다.

맡긴 돈을 찾지 못할 수도 있다는 불안감이 팽배했으니 누가 돈을 맡기겠는가.

너무 급하게 서두른 것이 결국 화폐 개혁이 졸속으로 끝나는 결과를 초래하고 말았다.

"미리 언질을 주셨다면 조언을 드릴 부분이 있었을 텐데 아쉽군요."

"간단한 문제가 아니니만큼 전문가의 의견을 청취할 필요가 있었는데 생각이 짧았습니다."

박태주가 실수를 인정했다.

대한민국의 경제 분야 최고 전문가인 차준후의 이야기를 한 번만이라도 들어 봤다면 어땠을까.

박정하와 박태주를 비롯해 극비리에 화폐 개혁을 추진했던 이들은 뒤늦게 후회를 했다.

"지금이라도 의견을 주실 수 있겠습니까?"

소 잃고 외양간 고치는 격이었지만, 군사정부는 어떻게든 이 사태를 해결하고자 했다.

차준후로서는 어이가 없는 일이었다. 일은 자신들이 벌이고, 문제가 커진 다음에야 수습할 방법을 자신에게 묻는 것이었으니까.

그러나 지금은 잘잘못을 따질 때가 아니었다. 더욱 혼란이 가중되며 국민들이 더 큰 피해를 입기 전에 어떻게든 상황을 빨리 수습해야만 했다.

"다른 건 몰라도 예금 동결 조치는 해제하셔야 합니다."

"그러면 재원을 확보할 방법이 요원해집니다."

군사정부는 5,000환 이상을 신권으로 교환하기 위해서는 은행에 6개월 이상 저금하거나 산업개발공사의 주식으로 바꾸어야만 한다는 조건을 내걸며 국민들의 재산을 강제적으로 예금에 묶었다.

이렇게 국민들의 재산을 강제로 산업개발공사의 증권으로 전환시켜, 어떻게든 경제 개발에 필요한 재원을 확보하기 위함이었다.

그러니 예금 동결 조치를 해지한다는 건 화폐 개혁의 문제를 해결하고 개선하는 해결책이 아닌, 이번 화폐 개혁의 실패를 인정하라는 것에 불과했다.

박태주로서는 자신을 둘째 치고, 박정하가 그것을 받아들일지 의문이었다.

"어차피 예금 동결은 계속 이어 나갈 수 있는 게 아닙니다. 실패를 언제 받아들일지 시기만 달라질 뿐이죠. 어차피 받아들일 수밖에 없는 문제라면 조금이라도 빨리 받아들이는 게 낫습니다."

이대로 예금을 동결시켜 돈을 강제로 은행에 묶어 버린다면, 자금 운용의 여력이 없는 중소기업은 줄줄이 도산할 수밖에 없었다.

경제를 살리고자 한 개혁이 도리어 경제를 무너뜨리게 되는 셈이었다.

"조금 더 상황을 지켜보면 좋아지지 않을까요?"

"더욱 나빠질 겁니다. 좋아질 가능성은 하나도 없어요."

"차준후 대표께서 도와주신다면……."

박태주는 차준후의 도움을 절실히 원했다.

"이 문제는 제가 도와 드릴 수 있는 방법이 있는 일이 아닙니다. 무엇보다 이 방법으로는 정부에서 원하는 만큼의 재원을 확보하기란 불가능할 겁니다."

정부는 국민들의 재산을 예금으로 묶어 강제적으로 경

제 개발에 동원하려고 한 것이지만, 애당초 이 방법에는 근본적인 문제가 있었다.

바로 대한민국 국민들이 상상 이상으로 지독하게 가난하다는 점이었다.

화폐 개혁을 주도한 박정하를 비롯한 기득권자들은 국민들이 얼마나 힘들게 살고 있는지 알지 못했다.

대한민국 국민들의 재산을 아무리 긁어모은들 경제 개발에 필요한 충분한 재원을 마련한다는 건 불가능한 일이었다.

또한 부정축재자들과 고리대금업자들도 현금이 아닌, 금품으로 재산을 축적하고 있는 탓에 지하 자금의 회수 또한 원활히 이루어지지 않았다.

화폐 개혁을 통해 국내 자본만으로 경제 개발을 이룩하겠다는 계획은 애당초 현실성이 없었던 것이다.

실제로 원 역사에서 정부는 한 달 만에 예금 동결 조치를 전면 해제하며, 외국의 원조가 없이는 경제 발전을 이루어 낼 수 없음을 다시 한번 깨닫게 된다.

"후우…… 알겠습니다. 의장님께 차준후 대표의 의견을 전달하겠습니다."

"그리고 일을 하려면 꼼꼼하게 해야 합니다."

"무슨 뜻인지요?"

"신권 인쇄가 엉망이더군요."

차준후가 신권을 탁자 위에 올려놓았다.

독립문이라고 새겨져 있어야 할 글자가 득립문이라고 인쇄되어 있었다.

나라의 얼굴이라고도 할 수 있는 화폐에 있어서는 안 되는 실수였다. 화폐를 만든 건 영국 회사라지만, 정부에서 이를 책임지고 꼼꼼하게 확인했어야만 했다.

있어서는 안 될 실수가 발생한 건 정부의 잘못이었다.

"잘못 인쇄된 화폐는 서둘러 회수해 주시고, 미국의 조폐국에서 사용하는 최신 설비를 지원해 드릴 테니 이번에는 한국조폐공사에서 직접 인쇄할 수 있도록 해 주세요."

차준후는 득립문 화폐를 더 보고 싶지 않았다.

오타로 얼룩진 이런 화폐는 국내에서 유통이 되지 말아야만 한다. 보는 자체만으로도 기분이 불쾌했다.

"도움에 감사드립니다. 앞으로도 많이 도와주십시오."

"대한민국 발전에 도움이 된다면 기꺼이 도울 겁니다."

"의장님을 잘 도와주십시오. 의장님께서는 화폐 개혁 실패로 인해 잠을 제대로 주무시지 못하고 있습니다."

박정하에 대한 충성심이 지극한 박태주였다.

박정하에게 큰 도움이 될 차준후가 어떻게든 가까이 다가와 줬으면 했다.

"생색을 내려는 건 아니지만 저보다 더 잘 도와주는 사업가가 있습니까?"

차준후는 이미 도와줄 수 있는 부분은 최선을 다해 도와주고 있었다.
 물론 그건 박정하를 위해서가 아닌, 나라와 국민을 위해서였지만 어쨌든 도움을 줬다는 건 똑같았다.
 거리를 두고서도 충분히 도울 수 있는데, 불필요하게 가까워질 이유는 어디에도 없었다.
 "그건 그렇지요."
 박태주가 인정했다.
 국가재건촉진회의 경제인들을 비롯해 나라를 위해 움직이고 있는 이들은 여럿 있었지만, 그들 모두가 준 도움을 합쳐도 차준후가 이루어 낸 기여에 미치지 못했다.
 모두가 난색을 표하던 울산공업단지 조성에도 차준후는 가장 먼저 뛰어들어 지금의 결과를 만들어 내는 데 기여했다.
 그리고 그 모든 것들이 이익을 보기 위한 투자가 아님을 박태주는 알고 있었다.
 스카이 포레스트라면 그 돈을 다른 곳에 투자하여 더 큰 이익을 벌어들이는 것도 어렵지 않은 일이었을 테니까.
 차준후의 행동은 오로지 애국에서 비롯된 것이었다.
 "앞으로도 경제 분야와 관련해서는 제가 도움을 드릴 일이 있을지도 모르니, 사전에 먼저 연락 주시면 좋을 듯

합니다. 제가 도울 수 있는 부분은 최대한 힘을 보태겠습니다."

"말씀만으로도 든든합니다. 의장님께 전달하겠습니다."

차준후의 협력 의사를 확인한 박태주가 웃었다.

천군만마와도 같은 무게를 가지고 있는 지지였다.

* * *

국가재건최고회의 긴급기자회견이 열렸다.

내외신 기자들을 앞에 두고서 단상 위로 박정하 의장이 모습을 드러냈다.

"앞서 밝혔다시피 내자 동원을 위해 화폐 개혁을 추진하였습니다. 그렇지만 화폐 개혁으로 고통받는 국민들이 많고, 또 이로 인한 경제가 축소되는 등 부작용이 속출하고 있어서 참으로 안타깝습니다."

뜻대로 흘러가지 않은 화폐 개혁 때문에 박정하는 많은 마음고생을 했다. 그러던 차에 차준후로부터 따가운 비평을 듣고 곧바로 정신을 차렸다.

지금이라도 차준후의 이야기처럼 원상 복귀하는 데 힘을 쏟아야만 했다. 더 늦었다가는 대한민국 경제 체제가 망가질 수도 있었다.

"화폐 개혁의 성패를 어떻게 평가하십니까?"

금발의 외국인 기자 한 명이 당돌하게 물었다.

"……확실히 실패했다고 생각합니다."

박정하가 씁쓸하게 인정했다.

어떤 미사어구를 동원한다고 해도 화폐 개혁이 실패했다는 걸 변명할 수 없었다.

"많은 사회적 혼란을 불러왔습니다. 신권에는 말도 안 되는 오타까지 있었고요. 화폐 개혁 책임자들을 처벌할 생각은 가지고 계십니까?"

외국인 기자는 계속 박정하를 도발하고 있었다.

"잘못이 있다면 그건 오로지 최고회의 의장인 저에게 있습니다. 책임자들은 최선을 다해 노력했습니다."

박정하가 화폐 개혁에 대한 잘못과 비난을 자신에게 돌렸다.

책임자들은 의장인 그의 뜻을 따라 손발처럼 움직였을 뿐이다. 손발에게 책임을 돌리는 건 부끄러운 일이었다.

게다가 책임을 아래로만 돌린다면 앞으로 누가 선뜻 나서서 일할 수 있겠는가.

"이번 일로 야기된 혼란에 대해 책임을 통감하며, 긴급 통화조치법에 의한 봉쇄 예금에 대한 특별 조치법을 발령합니다."

박정하는 언제든 금리를 포기한다면 예금을 해약할 수 있도록 만들어, 사실상 예금 동결 조치를 전면 해제했다.

이는 외국의 도움을 받지 않고 내자만으로 경제 개발을 이룩해 보겠다는 원대한 계획을 포기하기는 것이기도 했다.

원 역사에서도 똑같은 선택을 내렸던 박정하였으나, 이번 역사에서는 그보다 훨씬 빠르게 자신의 잘못을 인정했다. 이는 차준후의 서슴없는 조언을 받아들인 결과였다.

"이제 언제라도 자유롭게 예금을 찾을 수 있는 겁니까?"

"갑자기 결단을 내리신 이유라도 있나요?"

"특별 조치법을 발령하시는 심정은 어떠신가요?"

기자들이 서로 질문을 하려고 난리였다.

넓은 강당 안이 소란스러워지자 사회자가 정숙을 요구했다.

"자, 기자 여러분! 이러면 기자회견이 원활히 진행되지 않습니다. 한 분씩 질문을 할 수 있게 지명하겠습니다. 협조 부탁드립니다!"

사회자가 마이크로 여러 번이나 정숙해 달라고 요청했다. 그러고 나서야 다시금 강당 안이 조용해질 수 있었다.

"천하일보 김영웅 기자님! 질문하시죠."

사회자가 사전에 미리 이야기를 맞춰 둔 천하일보의 기자를 지명했다. 방금 전 외국인 기자처럼 난처해질 수도 있는 질문은 피할 수 있도록 사전에 질문 내용을 검토해 둔 상태였다.

"이번 화폐 개혁은 대한민국의 경제 발전에 필요한 재원을 마련하기 위해 고심 끝에 진행한 일이라고 알고 있습니다. 그런데 그 계획에 차질이 빚어졌으니 다른 대안이 필요할 텐데, 준비된 대안이 있습니까?"

김영웅이 정해진 질문을 던졌다.

"아직 구체적인 방안에 대해서는 논의 중에 있습니다만, 다행스럽게도 스카이 포레스트의 차준후 대표가 나라의 경제 개발에 적극 협조하겠다는 약속을 받으면서 빠른 시일 내에 대책을 내놓을 수 있을 것 같습니다."

박정하가 갑작스러운 기자회견의 이유를 밝혔다.

그는 화폐 개혁의 실패를 인정하며 특별 조치법을 발령을 알리기 위해 기자회견을 연 게 아니었다.

스카이 포레스트가 정부를 지지하며 경제 개발에 동참하게 되었다는 사실을 국민들에게 알리기 위해 기자회견을 진행한 것이었다.

"정말 스카이 포레스트가 국가의 경제 발전에 적극 협조하겠다고 약속한 겁니까?"

"예, 그렇습니다. 하는 사업마다 기적 같은 성공을 이루어 냈던 차준후 대표입니다. 이번에는 우리 정부가 차준후 대표와 함께 기적을 이루어 내 보겠습니다."

화폐 개혁이 실패로 돌아가며 경제 개발에 필요한 재원을 어떻게 마련해야 할지 막막했는데, 천군만마와도 같은 지원을 얻게 되었다.

또한 국민의 크나큰 사랑을 받는 스카이 포레스트가 정부를 돕는다는 사실이 알려지면, 이는 국민들이 정부를 지지하는 결과로도 이어질 수 있었다.

지금껏 경제 정책에 반대했던 이들도 하는 사업마다 엄청난 성공을 하며 천문학적인 돈을 벌어들이고 있는 차준후가 정부와 함께한다고 하면 의견을 달리할 수밖에 없을 터였다.

"언제부터 차준후 대표와 함께 경제 개발을 논의하셨던 겁니까?"

"차준후 대표가 앞으로 어떤 식으로 정부를 돕는지 구체적으로 정해진 바는 있습니까?"

화폐 개혁의 실패에 대한 이야기로 시작되었던 기자회견은 어느새 스카이 포레스트와 차준후에 대한 이야기가 주를 이루고 있었다.

애당초 그렇게 만들어진 기자회견이었다.

* * *

기자회견 다음 날, 박태주가 차준후를 찾아왔다.
"긴히 부탁드릴 일이 있습니다."
"무엇입니까?"

"도반호텔이라고 아십니까?"

"알고 있지요."

도반호텔은 한 일본인이 세운 1938년에 개관된 아주 오래된 호텔이다.

이 당시에는 굉장히 보기 드문 8층 규모의 호텔로, 개관 당시에는 국내 최대이자 아시아에서 4번째로 규모가 큰 호텔이라고 대대적으로 홍보되기까지 했었다.

광복 이후에는 미국 군정청에서 관리하며 주한 미군 사령부의 지휘본부로 사용되었으며, 이승민 정부가 들어서면서는 교통부에서 관리하며 주요 정치인들이 자주 모여 회담을 갖던 호텔이었다.

그러나 이제는 세월이 흘러 많이 노후되기도 했고, 더 세련된 호텔들도 많이 세워지고 있는 탓에 이전만큼 찾는 손님들이 없게 되었다.

"정부에서 직접 관리하고 있는 호텔인데, 운영이 신통치가 않습니다. 운영을 할수록 적자가 나는 탓에 골치가 아픈 실정이지요. 차준후 대표 덕분에 외국인 관광객들이 늘어났는데도 이 모양이라 어떻게 해야 될지 모르겠습니다."

"상황은 이해했습니다. 제가 뭘 도와 드리면 되는 겁니까?"

"혹시 스카이 포레스트에서 도반호텔을 인수해서 호텔

사업을 해 볼 생각은 없으십니까?"

군사정부는 골치 아픈 도반호텔을 민영화하기로 결정하고, 그 대상자로 차준후를 지목했다.

돈 많은 차준후에게 떠넘긴 것이다.

"……."

차준후가 잠시 고민에 잠겼다.

호텔 사업은 생각해 본 적이 없었지만, 영장산 관광 사업을 계획하고 있는 스카이 포레스트이기에 호텔 사업을 함께한다면 시너지가 나쁘지 않을 것 같다는 생각이 들었다.

"원하신다면 호텔을 더 넓게 새로 지을 수 있도록 도반호텔 옆에 위치한 국립도서관 부지도 함께 넘겨 드리죠."

"그러면 그 국립도서관은 어떻게 되는 겁니까?"

"걱정하실 필요 없습니다. 안 그래도 국립도서관을 남산에 더 큰 규모로 이전할까 계획하던 중이었습니다."

"좋습니다."

차준후가 흔쾌히 받아들였다.

적자 상태인 도반호텔을 그냥 인수해서 운영해 달라는 것이었다면 설령 호텔 사업을 시작하게 되더라도 다른 방법을 알아봤겠지만, 허물고 새롭게 지을 수 있다면 이야기가 달랐다.

이번 기회에 한국을 찾는 외국인들에게 자랑할 만한 최

고의 호텔을 만들어 보고 싶다는 욕심이 생겼다.

외국인들이 한국을 찾았을 때 외국에서도 찾기 힘들 만큼 화려하고 멋있는 호텔이 세워져 있다면 얼마나 뿌듯하겠는가.

이렇게 스카이 포레스트의 사업에 호텔이 새롭게 들어서게 됐다.

* * *

「스카이 포레스트. 호텔업 진출.」
「차준후 대표가 도반호텔을 인수한다.」
「도반호텔을 품에 안은 스카이 포레스트.」

일간지에 1면에 대서특필됐다.

스카이 포레스트가 도반호텔과 국립도서관 부지 등을 사들여서 호텔 사업에 나선다는 내용이었다.

호텔업을 진출한다는 보도가 터지자마자, 사람들은 차준후가 정권으로부터 특혜를 받았다는 의혹의 눈길을 마구 던졌다.

"차준후도 군사정부와 가까워지는구나."
"군사정부의 입김에서 차준후도 자유롭지 못한 거지."
"앞에서만 잘난 척하고 뒤로 호박씨를 까는 줄 누가 알겠냐?"

"그런 소리 하지 마. 차준후는 그럴 사람이 아니니까."

애국심에 도반호텔 인수를 결정했지만 일부 사람들은 고까운 눈초리를 보냈다.

하지만 이런 이야기가 나오는 것도 어쩔 수 없는 일이었다.

도반호텔은 한국을 대표하는 호텔 중 하나였는데, 심지어 그것을 국립도서관 부지와 함께 스카이 포레스트에 넘겼으니 특혜를 받는다고 생각할 여지는 충분히 있었다.

그러나 실상은 차준후가 적자에서 벗어나지 못하여 골칫거리로 남은 도반호텔을 넘겨받은 것에 불과했다.

심지어 도반호텔을 허물고 호텔을 새로 짓기로 한 상황이었으니 사실상 맨땅에서 호텔 사업을 시작한 것과 다를 바 없기도 했다.

그러나 국민들이 이런 속사정까지 알 리가 만무했고, 차준후도 그것을 이해하기에 구설수에도 묵묵하게 호텔 사업 준비를 시작했다.

스카이 포레스트에 호텔 사업을 진행할 프로젝트팀이 꾸려졌다. 최고의 호텔을 짓고 싶다는 차준후의 의지를 반영한 프로젝트팀의 명칭은 베스트였다.

"국내 건설사들을 모아 주세요."

"알겠어요."

"국내 최대 규모의 호텔을 원합니다. 대한민국을 찾은 외국인들이 누구나 묵고 싶어 하는 최고의 호텔을!"

호텔은 여느 건물보다도 인테리어에도 많이 비용이 들어가며, 조경 또한 특히 신경을 써야 하는 탓에 건설비가 만만치 않았다.

하지만 차준후는 호텔 건설에 얼마가 들어가든 비용을 아끼지 않을 생각이었다.

호텔을 아무리 화려하고 근사하게 짓는다고 해도 스카이 포레스트가 휘청거릴 일은 없었다.

도반호텔 회의실에 프로젝트 팀원들과 국내 건설사 사람들이 모였다. 이미 차준후와 여러 번 함께 사업을 한 창천건설, 성삼토건, 대현건설개발 그리고 론도건설, 벽호벽돌 사람들이었기에 서로 안면이 익었다.

제6장.

도반호텔

도반호텔

"사전에 전달드렸던 바와 같이 도반호텔과 국립도서관을 허물고 그 부지에 새로운 호텔을 지을 계획입니다. 호텔 규모는 40층, 객실은 1천 실 이상으로 상정하고 있습니다."

차준후가 원하는 호텔에 대한 구상을 밝혔다.

엄청난 규모였다.

40층 이상이면 대한민국에서 가장 높은 층수를 보유한 건물이 되는 것이었다.

"엄청나네요. 국내 상황을 살피면 400실 정도면 충분할 텐데요."

"1,000실은 확실히 너무 모험적이지요. 객실이 많으면 유지비도 많이 들어가지 않겠습니까?"

전문가들이 차준후가 구상하고 있는 호텔의 규모에 대해 우려를 드러냈다.

무리하게 호텔의 규모를 키웠다가 공실이 발생하게 되면 지금의 도반호텔처럼 적자에 허덕이게 될 수도 있었다.

"여러분들의 지적대로 객실 수가 많아지면 유지관리비가 많이 들게 되고, 공실이 발생할 경우 큰 손해를 입게 될 수도 있죠. 그래서 호텔 지하에 쇼핑 아케이드를 만들어 국내에서는 찾기 힘든 명품 매장들을 입점시킬 계획입니다."

"과연…… 명품 매장에 방문하려고 호텔을 찾은 손님들이 그대로 호텔에 묵도록 만드는 거군요."

"맞습니다. 스카이 포레스트의 매장이 입점한 미국의 호텔에서 이 효과를 이미 입증했습니다."

최고급 호텔은 숙박비가 비싸다. 애당초 최고급 호텔을 찾는 손님들은 일반적으로 부유층뿐이었다.

그리고 그런 부유층이 명품 쇼핑을 즐긴다는 건 두말할 것도 없는 이야기였다.

"그런데 어째서 저희 국내 건설사들을 모으신 겁니까? 이런 말을 직접 하긴 민망하지만, 아무래도 대표님께서 말씀하신 호텔은 저희가 지을 수 있을 만한 게 아닌 것 같습니다만."

성삼토건의 임원이 물었다.

그는 성삼토건이 시공사로 선정이 되더라도 문제가 있다고 봤다. 그도 그럴 것이 성삼토건에는 40층 이상 규모의 대형 호텔을 지을 기술력이 갖추고 있지 못했기 때문이었다.

성삼토건뿐만이 아니었다. 국내 건설사 중 그 어느 곳도 이 정도 대규모 고층 건물을 지어 본 적이 없었다.

"그 부분은 제가 도울 생각입니다. 이 정도 규모의 시공을 진행해 본 해외 건설사의 협력을 받아, 전문가와 공법, 건설 장비 등을 국내로 들여올 계획이죠. 시공사로 선정된 곳은 해외 건설사의 공법을 배울 수 있는 기회도 얻게 되는 겁니다."

차준후는 이번에도 돈으로 문제를 해결하기로 했다.

이렇게 국내 건설사들을 키워 줘야 직원들을 더 채용하고, 또 차후에 해외에서 사업 수주를 받지 않겠는가.

대한민국 발전을 위해서 건설사들을 키워 주고자 했다.

이제 막 성장하려고 기지개를 켜고 있는 국내 건설사들이었다. 각별한 관심을 기울이면 원 역사보다 더욱 크고 빠르게 성장하는 게 가능했다.

"그러면 아무런 문제도 없겠군요."

"문제가 없는 수준이 아니라, 저희들에게 너무 유리한 조건인 거 같은데요?"

건설사 사람들이 이번 사안을 두고서 크게 반겼다.

건설사에게 있어 공법은 경쟁력 그 자체였다.

다른 건설사가 보유한 공법보다 더 뛰어난 공법을 가지고 있는 것으로 우위를 점할 수 있었다.

그런데 차준후는 대형 호텔 시공을 맡기면서 해외의 선진 공법까지 배울 수 있게 해 준다고 하니, 국내 건설사들로서는 쌍수를 들고 환영할 수밖에 없었다.

회의의 분위기가 차준후의 뜻대로 흘러갔다.

"시공사 선정은 공모전을 통해 정해질 겁니다."

"공모전이라면?"

"각 건설사들은 설계도를 만들어서 제출해 주시면 됩니다. 그중 가장 제 마음에 드는 설계도를 제출한 건설사가 이번 호텔의 시공을 맡게 될 겁니다."

"설계도만 보고 선정하신다는 말씀이신가요?"

벽호벽돌의 사장이 된 송영중이 물었다.

삼촌이던 송대건이 물러나고 사장 자리를 송영중에게 물려준 지 꽤 됐다. 송대건은 앓던 이를 뺀 것처럼 시원한 표정으로 사장 자리를 던져 버렸다.

사장이 된 송영중은 벽호벽돌을 더욱 공격적으로 확장시켜 나가고 있었다. 그런 그에게 있어 이번 호텔 시공은 벽호벽돌을 더욱 성장시킬 수 있는 아주 절호의 기회였다.

그러나 아무래도 벽호벽돌은 다른 국내 건설사들과 견주어도 능력이 한참 못 미치는 게 현실이었다.

평범하게 경쟁을 한다면 벽호벽돌이 시공사로 선정될 가능성은 현저히 낮았다.

하지만 설계도만으로 시공사를 선정한다면 벽호벽돌에게도 기회는 있는 것이었다.

"그렇습니다. 시공사로 선정된 건설사에게 부족한 부분이 있어도, 그 점은 제가 채워 드릴 테니 걱정하실 필요 없습니다. 다만 어느 곳의 설계도 만족스럽지 않다면, 그때는 해외 건설사들에게 입찰을 받을 생각입니다."

차준후는 국내 건설사들에게 먼저 기회를 제공하였다.

그렇지만 마음에 드는 설계가 없을 경우에는 해외로 눈을 돌릴 작정이었다.

미흡한 것까지 받아들일 수는 없는 노릇이었다.

"제출 기일은 언제까지입니까?"

"한 달입니다."

"한 달이라는 시간은 너무 촉박합니다."

차준후의 발언이 있자마자 홍수처럼 의견들이 쏟아져 나왔다.

"어차피 제출하시는 설계도는 초안이 될 뿐, 시공사로 선정되신 후에 논의를 진행하며 개선해 나갈 겁니다. 그러니 기한 내에 할 수 있는 선에서 최선을 다해 준비해 주시면 됩니다."

 차준후는 빠르게 건설사를 선정하고 난 뒤, 선정한 건축 설계도를 바탕으로 개선점을 찾아 나갈 작정이었다. 가능한 공기를 단축시키기 위한 방편이었다.

 지금 국내 건설사들은 부족한 것들이 많았다.

 그런 건설사들에게 처음부터 완벽한 설계도를 요구한다는 건 무리였다. 과장되게 말하면 하나부터 열까지 가르쳐야 할 것들이 많다는 이야기다.

 차준후는 그런 걸 충분히 감안하고 있었다.

 "그런 거라면야 가능하죠."

 "성삼토건이 최고의 건축 설계도를 보여 드리죠."

 "보자마자 이거라는 느낌을 받을 수 있도록 만들겠습니다."

 "지금까지 독특하면서 화려한 건물을 만드는 데 있어서 국내 최고의 건설사는 바로 창천건설이었습니다."

 각 건설사들은 반드시 자신들이 이번 시공을 따내고야 말겠다며 의욕을 드러냈다.

 이번 시공을 따낸다면 앞으로도 스카이 포레스트의 진행하는 건설 사업들을 따내는 데 유리한 고지를 차지할 수 있었다.

 계속해서 사업 분야와 규모를 확장해 나가는 스카이 포레스트는 국내 건설사들에게 아주 큰손이었다. 국내 건설사들이 스카이 포레스트와 조금이라도 더 가까워지고 싶어 하는 건 당연한 일이었다.

그런데 이번에는 국내 최고층 건물 시공일 뿐만 아니라, 해외 건설사의 선진 공법까지 배울 수 있는 엄청난 기회였다.

이번 계약을 따내는 건설사가 국내 1위 건설사의 자리를 차지하게 될지도 모르는 일이었다. 각 건설사들은 회의가 끝나고 돌아가자마자 호텔 설계도 구상에 사력을 기울였다.

"이번 호텔 시공 계약을 따내면 팀원들에게 집을 한 채씩 성과금으로 지급하겠다는 회장님의 약속이 있었습니다."

"최선을 다하겠습니다."

"최선으로는 부족해요. 무조건 우리 성삼토건이 선정되어야만 합니다."

"알겠습니다."

"무엇보다 대현과의 경쟁에서 패하는 일만큼은 있어선 안 됩니다."

정영주에게 지기 싫어하는 이철병의 고집스러운 면모가 여실히 드러났다.

그런데 이런 이야기는 대현건설개발에서도 똑같이 벌어지고 있었다. 거기에서도 다른 곳에 지면 몰라도 절대 성삼토건에 밀려서는 안 된다는 정영주의 명령이 떨어졌다.

* * *

스카이 포레스트가 도반호텔 인수를 하기까지 진통이 있었다.

군사정부에서 도반호텔 민영화를 발표했지만, 호텔 종업원들에게는 마른하늘에 날벼락이었다. 하루아침에 직장을 잃어버리게 된 호텔 종업원들은 거세게 반발했다.

군사정부에서는 호텔 종업원들을 강압적으로 퇴직 처리하려고 했다.

졸속으로 처리하려고 해서 문제였다. 퇴직금도 받지 못하고 쫓겨나게 생긴 종업원들이 반발하는 건 당연했다.

그러나 군사정부 입장에서는 종업원들 때문에 골치 아픈 적자투성이 도반호텔을 스카이 포레스트에 넘기지 못하는 일이 벌어져서는 절대 안 됐다.

그러나 이런 강압적인 군사정부의 행보를 전달받은 차준후는 자신이 해결하겠다고 나섰다. 자신의 사업 때문에 다른 이들이 피해를 입어서는 안 된다고 생각했기 때문이었다.

"새로운 호텔이 들어서기 전까지 잠깐 쉰다고 생각하

세요. 그동안 편안하게 쉴 수 있도록 퇴직금도 넉넉하게 지급해 드리겠습니다."

차준후가 호텔 종업원들을 달랬다. 그냥 말로만 이야기하는 것이 아니라 상당한 퇴직금과 재취업을 보장해 줬다.

"새롭게 들어서는 호텔에 저희를 취직시켜 주겠다는 말씀이십니까?"

호텔 종업원 대표의 눈동자가 마구 흔들렸다. 퇴직금을 받을 건 생각하고 있었는데, 재취업까지 약속하다니.

스카이 포레스트는 대한민국의 모든 국민들이 취직하길 원하는 꿈의 직장이었다. 도반호텔에서 잘린다고 생각만 했는데 알고 보니 아주 좋은 일이었다.

잘린 덕분에 이제는 스카이 포레스트의 직원이 될 수 있었으니까.

"호텔을 크게 키우려고 합니다. 그 호텔에 능숙하고 유능한 직원들이 많이 필요합니다. 일신상의 문제만 없다면 재취업을 보장합니다."

"감사합니다. 최선을 다하겠습니다."

차준후는 돈과 재취업 보장으로 반대하는 호텔 종업원들을 아주 쉽게 포섭했다.

호텔 종업원들의 반대는 물거품처럼 사라졌고, 오히려 도반호텔 건물을 빨리 부수라고 말하기까지 했다. 그래야 하루라도 빨리 스카이 포레스트의 직원이 될 테니까.

호텔 사업은 빠르게 추진됐다.

* * *

정부에게 호텔 사업을 제안받은 건 스카이 포레스트뿐만이 아니었다. 국내 재계 서열 2위인 성삼그룹에게도 똑같은 제안이 전달됐다.

정부는 스카이 포레스트가 호텔 사업을 시작하는 지금이 관광 산업을 부흥시킬 기회라고 여겼고, 물이 들어올 때 노를 젓기로 마음먹은 것이었다.

그렇게 성삼은 장충동 언덕에 세워질 예정이었던 영빈관 부지를 떠넘겨 받게 되었다.

장충동 영빈관은 일제 시대의 초대 총리를 기리기 위해 세워진 사찰을 철거하고, 그 자리에 방한하는 국빈들을 위한 숙소를 세우기 위해 1958년도부터 건설 계획이 세워졌으나 지금까지 지지부진했던 사업이었다.

원 역사에서는 1964년에 이르러서야 정부에서 전통 영빈관을 완공시키고, 1973년에 결국 도반호텔과 마찬가지로 민영화를 마음먹으며 성삼이 넘겨받게 되었지만, 이번에는 스카이 포레스트가 호텔 사업을 시작하면서 앞당겨진 것이었다.

"이건 정부의 횡포요."

차준후와 만난 이철병이 불만을 토로했다.

하지만 이러한 불만을 군사정부에 직접 말할 용기는 없었다. 이번 화폐 개혁 때도 큰 곤란을 겪었으나, 이철병은 아무런 말도 하지 못했다. 그렇기에 차준후를 찾아와 앓는 소리를 하면서 동병상련의 아픔을 공유하고 싶었다.

군사정부와 박정하에게 쓴소리도 서슴치 않고 할 수 있는 경제인은 대한민국에서 차준후가 유일했다.

"충분히 횡포라고 느낄 수도 있습니다."

차준후는 이철병의 아픔을 이해했다.

즉흥적인 자신과 달리, 철저하게 계획적으로 움직이면서 사업하는 걸 선호하는 이철병이었다. 돌다리도 두들기며 건너는 방식으로 사업을 하였고, 스카이 포레스트의 싱크탱크를 참고한 자문단까지 구성해서 많은 자문을 받은 다음에 사업을 펼쳤다.

그런 이철병에게 호텔을 건설하라는 군사정부의 지시는 마른하늘의 날벼락이나 마찬가지였다.

강압적인 명령이었지만 따르지 않을 도리가 없었다.

"호텔 사업을 해 본 적도 없는데 느닷없이 특1급 호텔을 지어 달라고 하니 골치가 아픕니다."

이철병이 볼 때 호텔 사업은 그다지 매력적인 사업이 아니었다.

아직 가난에서 벗어나지 못한 대한민국에 특1급 호텔

을 지어 봤자 누가 찾아오겠는가.

 그렇지 않아도 돈 들어갈 데가 한두 곳이 아닌데, 막대한 돈이 드는 호텔을 지으려니 머리가 지끈거렸다.

 대한민국 재계 서열 1위였다가 스카이 포레스트 때문에 2위로 밀려난 성삼그룹은 사업을 확장하고 있었다. 스카이 포레스트가 만들어 내고 있는 국내 경제 활성화의 바람을 타고 더욱 성장하기 위함이었다.

 사업은 잘되고 있지만 확장을 거듭하고 있는 터라 보유하고 있는 현금이 많지 않았다. 이번에 호텔을 지으려면 은행에서 대출을 해야만 할 판이었다.

 "당장은 전망이 어두워 보일 수도 있지만, 나라 경제가 발전할수록 호텔 사업은 매력적으로 바뀔 겁니다."

 차준후는 변화할 대한민국의 미래를 알고 있었다.

 또한 이번에 성삼에 지을 호텔이 21세기에도 대한민국을 대표하는 호텔로 자리매김한다는 사실 또한 알았다.

 성삼은 처음에는 마지못해 호텔 사업을 시작하지만, 1986년에 이르러서 면세점 사업을 함께 운영하게 되며 대한민국 최고의 호텔로 꼽히게 된다.

 다가올 미래를 생각한다면 조금이라도 일찍 호텔 사업을 시작하는 게 좋을 수 있었다.

 "그리고 요즘 해외 관광객이 늘어나고 있는 건 아시지요?"

"스카이 포레스트 덕분이지요."

스카이 포레스트는 해외에 화장품을 고가에 판매하는 정책을 내세우며, 조금이라도 더 많은 외국인이 대한민국을 찾을 수 있도록 만들고 있었다.

스카이 포레스트에서 신제품이 나올 때마다 외국인의 입국이 늘어났다. 대한민국에서 저렴하게 화장품들을 대량으로 구매하면 비행기값과 숙박비 등 여행 경비를 메우는 게 가능했다.

얼마 후면 스카이 포레스트에서 또 신상품이 나온다고 하지 않던가.

외국인들이 국내로 들어와도 제대로 된 호텔들이 많지 않아서 숙박하는 데 고생을 하고 있었다.

이런 이유들이 있어서 군사정부는 새로운 호텔들을 짓도록 지시하고 있었다. 특급 호텔들이 있으면 더욱 많은 외국인이 국내로 들어올 수도 있었기 때문이었다.

"앞으로도 더 관광객이 늘어날 거라고 보시는 겁니까?"

"물론입니다. 그리고 그때가 되면 호텔 사업은 훌륭한 캐시카우가 될 겁니다."

"음! 답답했는데 차준후 대표를 만나러 오기를 잘했네요. 속이 뻥 뚫립니다."

이철병은 차준후의 말을 철석같이 믿었다.

차준후가 그렇다고 하면 그런 것이었다. 의심할 필요는

없었다.

"아, 점심시간도 됐는데 함께 식사하시죠. 근사한 이탈리안 레스토랑을 예약해 뒀습니다. 이탈리아 유학을 다녀온 요리사가 주방장을 맡고 있다고 합니다. 특히 봉골레 파스타와 안심 스테이크가 맛있다더군요."

저번에 울산에서 정영주에게 식사 자리를 빼앗기고 얼마나 가슴 아파했던가. 이철병은 이번에는 함께 식사를 하면서 차준후와 더욱 친밀해지고 싶었다.

"오랜만에 이탈리아 요리를 먹어 보겠군요."

21세기에는 먹을 일이 잦았지만, 회귀 후에는 한 번도 먹어 보지 못했다.

"이탈리아 요리를 드셔 보셨습니까? 과연 소문대로 미식가이시군요."

"전에 접해 본 적이 있습니다. 시간도 되었는데, 가시죠."

차준후는 칼같이 점심시간을 지켰다. 대표가 시간을 지키지 않으면 직원들이 눈치를 살피기 때문이었다.

"좋은 이야기를 들었으니 오늘은 근사하게 모시겠습니다."

이철병은 차준후에게 나이를 떠나서 깍듯했다.

절대 실수를 하지 않으려고 노력하면서 예의를 지켰다. 존중해 줄 가치가 있는 사업가라고 느꼈기 때문이었다.

그리고 스카이 포레스트가 이제 성상그룹이 감히 쳐다볼 수 없을 만큼 엄청나게 크기 때문이기도 했다.

스카이 포레스트가 세계를 상대로 사업하는 기업이라면, 성삼그룹은 국내에서만 영업하는 구멍가게나 마찬가지였다.

* * *

차준후가 최고의 호텔을 짓겠다고 사업을 진행하고 있을 때, 태클이 걸려 왔다.

- 누구 마음대로 40층 이상의 호텔을 짓는 거요?

"어디입니까?"

- 의장님 경호실이요. 40층 이상이면 청와대가 내려다보이잖소? 경호 때문에 절대 그 높이를 허용할 수 없소.

청와대는 언젠가 박정하가 들어가야만 하는 공간이었다. 그 공간의 안전에 대해서 일찍감치 경호실이 안전을 확보하고자 했다.

"그럼 어떻게 하자는 겁니까?"

- 높이를 낮춰요. 18층 정도면 적당하겠소이다.

차준후는 통화를 하면서도 어이가 없었다.

스카이 포레스트가 호텔 사업을 시작한 건 정부의 부탁이 있었기 때문이었다.

그리고 박태주는 스카이 포레스트가 가능한 크고 화려하게 호텔을 지어, 외국의 귀빈들이 내한했을 때 당당하게 소개할 수 있었으면 한다는 언질까지 주었다.

 그런데 이제 와서 박정하 경호실에서 이런 전화가 걸려 올 줄은 상상도 하지 못했다.

 "그렇다면 스카이 포레스트는 호텔 사업을 접겠습니다."

 차준후는 생각했던 대로 호텔을 세울 수 없다면 호텔 사업을 진행하고 싶지 않았다.

 무엇을 하든 최고여야만 만족하는 그였다.

 18층이면 계획했던 층수에서 반토막이 나는 셈이었다. 차준후로서는 도저히 타협할 수 없는 이야기였다.

 - 지금 뭐라고 했소?

 누구인지는 모르겠지만 전화기 너머에서 크게 당황한 목소리가 흘러나왔다.

 그는 조금만 윽박지르면 차준후가 알겠다고 받아들이리라 생각했다.

 지금껏 국내의 어떤 경제인들도 박정하 경호실이라는 이름만 들으면 알아서 눈치를 살피며 굽혀 왔었다.

 경호실에서 훼방을 놓으면 박정하와 만날 수 없었고, 그렇게 된다면 여러모로 사업에 지장이 생기기 때문이었다.

 경호실은 실력을 발휘하면 박정하의 눈과 귀를 막을 수

도 있었다. 그만큼 막강한 권력을 가지고 있었고, 박정하의 심복들이 자리를 차지했다.

경호실은 박정하의 안전만을 책임지는 곳이었지만 은밀하게 무소불위의 권력을 행사하고 있는 곳들 가운데 하나였다.

"호텔 사업을 접으면 안전에 지장이 없을 것 아닙니까? 경호실의 뜻대로 따른다고 한 겁니다. 전화 끊겠습니다."

차준후는 할 말을 하고서 수화기를 내려놓았다.

— 그게 무슨…….

수화기에서 뭐라고 이야기가 흘러나오고 있었는데, 들을 필요까지는 없었다.

전화를 끊고서 인터폰을 켰다.

"비서실장님."

"네. 말씀하세요, 대표님."

"국가재건최고회의에 공문 하나 보내 주세요. 호텔의 규모를 축소시키라는 경호실의 요청 때문에 호텔 사업을 접겠다고요."

"알겠어요. 곧바로 보낼게요."

스카이 포레스트의 공식 문서가 국가재건최고회의에 곧바로 전달됐다.

일처리가 참으로 빠른 스카이 포레스트였다.

* * *

 스카이 포레스트의 공문을 전달받은 국가재건최고희의가 빌칵 뒤집혔다.

 "왜 갑자기 호텔 사업을 취소한다는 건데?"

 "경호실의 요청 때문에 접는다고 적혀 있잖아."

 "의장님이 의욕적으로 진행하고 있는 사업인데, 난리가 나겠군."

 "의장님께서 오늘도 어떻게 진행되고 있냐고 물으셨어."

 이번 호텔 건설은 박정하가 특별히 관심을 기울이고 밀어붙이는 사업이었다. 그런데 느닷없는 경호실의 간섭으로 스카이 포레스트가 사업을 접겠다고 선언한 것이었다.

 관광 산업의 부흥을 위해서 가장 중요한 역할을 맡게 될 스카이 포레스트가 빠진다면 모든 계획에 차질이 생길 수밖에 없었다.

 스카이 포레스트의 공문은 빠른 속도로 박정하에게 전달됐다.

 "차준후 대표에게 전화를 건 경호실 녀석을 당장 내 앞으로 데리고 와!"

 박정하가 분노를 토해 냈다.

 그동안 무소불위의 권력을 휘두르고 있던 경호실에 난

리가 일어났다.

"누가 너보고 호텔 높이를 정하라고 했어?"

"죄송합니다, 의장님."

"나도 차준후 대표에게 함부로 말을 하지 않아. 그런데 네가 뭐라고 건물 높이를 줄이라고 말하는 거야?"

"청와대 보안을 위해서……."

"이런 정신 나간 녀석을 봤나."

"윽!"

박정하 앞으로 불려 온 경호실장은 변명을 하다가 군홧발에 조인트를 까여야만 했다.

"이봐! 앞으로 이 녀석이 내 눈에 띄지 않게 해. 그리고 차준후 대표에게 가서 원안대로 호텔을 지어 달라고 부탁하고."

박태주가 다시 한번 차준후를 만나기 위해 움직여야만 했다.

"경호실에서 의장님의 안전을 걱정한 탓에 독단적으로 일을 벌인 것으로 파악됐고, 의장님께서는 이번에 문제를 일으킨 경호실장을 바로 쫓아내셨습니다."

"그래요? 뭐, 알겠습니다. 하지만 의욕적으로 진행하던 사업이었는데 이래라저래라 하니까 기분이 팍 상하더군요. 그래서 하지 않으려고 합니다."

차준후가 불쾌함을 드러냈다.

자신이 먼저 욕심을 내서 시작한 사업도 아니고, 정부의 부탁으로 시작한 일인데 이런 대우를 받으니 기분이 상당히 상했다.

 "재고해 주십시오. 다시는 이런 일이 벌어지지 않도록 주의하겠습니다. 지금 스카이 포레스트가 호텔 사업을 그만둔다는 것은 관광업과 경제 발전을 크게 저해하는 일이 아닐 수 없습니다."

 박태주는 간절하게 애원했다.

 그냥 평범한 호텔을 짓는 일이라면 다른 기업에게 맡길 수도 있겠지만, 스카이 포레스트가 구상하는 호텔 사업 규모를 전해 들은 박정하는 어떻게든 차준후의 마음을 돌리라고 박태주에게 지시를 내려놓은 상태였다.

 만약 이대로 차준후가 호텔 사업에서 발을 뺀다면, 이번에는 박태주에게 불호령이 떨어질지도 모르는 일이었다.

 "……."

 차준후가 잠시 고민에 잠겼다.

 그리고 고민 끝에 다시 한번 기회를 주기로 마음먹었다.

 미워도 어쩌겠는가. 1960년대 이 당시는 이런 일이 비일비재한 것을.

 많은 것이 21세기와 달랐다.

 마음 같아서는 이미 기분이 상할 대로 상한 탓에 때려치우고 싶었지만, 그렇게 된다면 이미 호텔 설계도를 만들고 있을 건설사들에게 피해를 주는 일이 될 수도 있었다.
 물론 충분한 보상을 해 주는 방법도 있겠지만, 그렇게 번거롭게 일을 처리할 바에는 정부에게 한 번만 더 기회를 주는 편이 나았다.
"알겠습니다. 다시 진행해 보겠습니다."
"잘 생각하셨습니다. 이제 호텔을 개관하는 날까지 어떠한 불편함도 없을 겁니다. 그리고 혹시라도 불편한 부분이 있으면 언제라도 연락을 주십시오."
 박태주가 크게 안도하는 표정을 지었다.
 그는 스카이 포레스트의 호텔 사업을 훼방 놓는 인간이나 기관이 다신 나타나지 않도록 사전에 처리하리라 마음먹었다.
 비 온 뒤에 땅이 굳어진다는 말처럼 이제 군사정부의 권력자들은 함부로 차준후를 건드릴 수 없게 됐다.
 무소불위의 권력을 휘두르던 경호실장이 차준후를 건드렸다가 하루아침에 경호실에서 쫓겨났다는 소문이 파다하게 퍼졌기 때문이었다.
 권력에 취해서 제멋대로 굴던 인간 한 명이 전화 한 통으로 나락에 떨어지며, 그동안 경호실 탓에 곤란을 겪었던 수많은 경제인이 한결 편안해지는 계기가 되는 사건이었다.

제7장.
노벨경제학상

노벨경제학상

 차준후가 대한민국의 경제와 산업을 발전시키려 바쁘게 움직이고 있을 때, 해외에서 희소식이 날아들었다.
 세계에서 가장 권위 있는 상으로 인정받는 노벨경제학상 후보로 차준후가 선정됐다는 희소식이었다.
 노벨경제학상은 스웨덴의 화학자인 노벨의 유언에 의해 제정된 다섯 가지 노벨상과는 달리, 스웨덴 국립은행이 창립 300주년을 기념하여 상금을 노벨 재단에 기탁하는 조건으로 만들어진 기념상이다.
 그러나 노벨경제학상을 선정하는 기관이 노벨물리학상과 노벨화학상 수상자를 선정하는 기관과 똑같으며, 수상식 또한 다른 노벨상 수상자들과 함께 진행되기에 일반적으로 함께 묶여 노벨상으로 분류했다.

다만 노벨경제학상은 이처럼 훗날 별도로 만들어진 상으로, 1901년에 처음 시상되었던 다른 노벨상들과 달리 1969년에 처음 시상이 이루어진다.

그랬던 노벨경제학상이 8년 일찍 탄생한 것이다.

이는 차준후가 세계 경제를 뒤흔들며 수많은 경제인과 경제학자들에게 영향을 준 탓이라고도 볼 수 있었다.

노벨경제학상의 후보는 차준후를 포함해 무려 104명이 올랐는데, 그중 일본에는 경제학자 2명이 후보에 올랐다.

일본에서는 노벨경제학상 후보가 발표되자마자 모든 언론사에서 보도를 내보내기 시작했다.

「일본은 2명의 경제학자가 노벨경제학상 후보로 선정됐다. 그런데 옆 나라는 단 1명뿐이다. 압도적인 격차를 다시 한번 확인했다!」

「노벨경제학상의 가장 유력한 후보는 일본인이다. 고작 1년 남짓 사업을 해 본 기업인은 후보로 올라선 것으로 끝이다.」

「노벨경제학상 최초 수상자는 일본인이 될 것이라는 의견이 지배적이다. 기업가에 불과한 차준후는 그저 들러리로 나섰을 뿐이다.」

「노벨상 시상식 날, 일본은 웃고 대한민국은 울 것이다. 대한민국이 일본을 따라오려면 백 년은 더 걸린다.」

일본에서 차준후를 걸고넘어졌다.

그동안 차준후와 스카이 포레스트로 인해 많은 상처를 받았기 때문인지 자극적인 뉴스들이 계속 튀어나왔다.

노벨경제학상 후보로 함께 거론되었지만 한껏 폄하를 하였다.

그간 일본은 다양한 분야에서 노벨상 후보자가 나왔으며, 그중 노벨물리학 수상자를 배출하기도 했다. 그에 반해 대한민국에서는 노벨상 후보가 나온 것조차 처음이었다.

일본은 그것을 들먹이며 차준후가 노벨경제학상 후보에 오른 걸 깎아내리는 것이었다.

그러한 일본의 악의적인 언론 보도는 해협을 타고 대한민국으로도 전해졌다.

* * *

원 역사에서 노벨경제학상은 경제학 발전에 중요한 공헌을 한 학자에게 수여되는 상으로, 21세기까지도 기업인이 수상을 한 사례는 단 한 번도 없었다.

그럼에도 이번에 차준후가 노벨경제학상 후보에 오를 수 있었던 건, 이번 수상이 노벨경제학상 최초 수상이었기 때문이다. 아직 단 한 명도 수상은 받은 적이 없는 상이었으니 기준이 다소 모호할 수밖에 없었던 것이다.

 또한 차준후는 오로지 능력만을 중시한 파격적인 인선을 통해 혁신 경영을 선보이며 노동시장에 변화를 일으켰고, 이를 통해 노동경제학적으로도 분석할 사례를 만들어 경험적 공헌을 했다고 스웨덴 왕립 과학 아카데미는 판단했다.

 그렇기에 차준후는 기업인임에도 이례적으로 노벨경제학상 후보에 오를 수 있었다.

 그런데 이를 두고서 일본에서 마구 폄하하는 일이 벌어졌고, 이는 곧바로 신문 기사로 실렸다.

「일본 요미오리. 차준후 대표를 들러리라고 표현? 웃기는 소리다.」
「스웨덴 왕립 과학 아카데미와 노르웨이 노벨위원회가 발표한 내용을 억지로 축소하는 옹졸한 일본 언론들.」
「함부로 까불다가 큰코다친다.」
「이번에도 차준후 대표가 보여 줄 것이다. 노벨경제학상을 누가 받을지 지켜보자. 그날 대한민국은 크게 웃고, 일본은 비탄에 잠길 것이다.」

 오늘따라 종로 일대 신문 가판대 주변이 소란스러웠다. 이런 상황은 이곳뿐만 아니라 전국에서 비슷하게 벌어지고 있었다.

"이런 웃긴 놈들을 봤나."

"이래서 일본 놈들을 상종하는 게 아니야."

"아무리 싫다고 해도 차준후 대표를 까는 건 말이 안 되지. 이건 그냥 억지로 까는 거잖아."

"너무 잘나니까 일본에서 시기하는 거라고."

한국인들은 일본에서 무슨 일이 벌어지는지 알게 됐다.

분노할 수밖에 없는 상황이었다.

한국인들에게 있어 차준후는 너무나도 사랑스럽고 귀중한 존재였으니까.

설령 까더라도 한국인들이 까야지, 일본인들이 감히 차준후를 건드려?

이건 한국인들의 국민 정서를 건드리는 일이었다.

"우와! 입에서 쌍욕이 나오려고 한다. 봐! 너무 분노해서 손발이 벌벌 떨리고 있잖아."

"이건 절대 가만둬서는 안 돼."

"일본을 규탄하자."

거리 곳곳에서 일본에 대해서 규탄해야 한다는 이야기들이 흘러나왔다.

사람들이 잔뜩 흥분했다. 일본에 대한 악감정이 더욱 한국인들의 마음에 쌓여 나갔다.

"일본은 반성하라!"

"반성하라!"

"차준후 대표에 대한 망언을 사과하라!"

"사과하라!"

"노벨경제학상은 차준후가 받는다."

"차준후가 받는다."

신문기사 보도 당일, 수많은 군중이 모여서 일본에 대한 규탄 시위를 벌였다.

그리고 한국에서 일본에 대한 대규모 규탄 시위가 열렸다는 이야기가 다시 일본으로 전달됐다.

일본에서도 언론 매체의 보도 이후에 극우 세력의 주도하에 집회가 열렸다.

"노벨경제학상은 경제학상이지, 경영상이 아니다!"

"아니다!"

"기업인 차준후는 받을 자격이 없다!"

"자격이 없다!"

일본의 집회에서는 차준후에 대한 노벨경제학상 자격 부족을 집중적으로 꺼내 들었다.

졸지에 노벨경제학상을 두고서 대한민국과 일본의 자존심 대결이 벌어졌다.

노벨상은 상금이 매우 컸지만, 그보다는 수상한 자에게 뒤따르는 명예가 더욱 가치가 드높았다. 그렇기에 후보에 오른 것만으로도 명예로운 일이었기에 서로 축하해 주는 게 일반적이었다.

　대한민국과 일본에서 지금 벌어지고 있는 상황은 상당히 이례적인 현상이었다.

　대한민국, 일본 그 어느 곳에서도 수상자가 나오지 않을 수도 있는데 설레발을 치는 모습이기도 했다.

　이러한 황당한 상황은 미국을 비롯한 전 세계에 알려지게 됐다. 특히 차준후에 대해 많은 관심을 기울이고 있었던 미국의 CBC 방송국은 이번 사태를 곧바로 보도했다.

『차준후 대표는 경제학에 큰 영향을 미친 인물입니다. 다른 어느 기업에서도 그동안 보이지 않은 혁신적인 경영을 통해서 노동시장에 커다란 변화를 일으켰습니다. 그는 학자는 아니지만, 경제학적으로 커다란 기여를 했기에 노벨경제학상을 수상받을 자격이 충분합니다.』

『차준후 대표님을 대단히 높이 평가하고 계시는군요.』

『스카이 포레스트는 전례가 없는 기업입니다. 스카이 포레스트가 직원들에게 지급하는 임금은 상식을 벗어나 있죠. 그리고 그동안 없던 전례를 만들어 냈기에, 새로운 시선으로 노동시장을 분석할 수 있게 된 겁니다. 이건 책상에 앉아서 고민만 한다고 만들 수 없는 업적이죠.』

『대단한 호평이네요.』

『그는 서부 개척 시대로 비유하자면 카우보이와 같은

인물입니다. 거칠고 광활한 평야에서 자신만의 새로운 신천지를 개척해 냈어요.』

『언제 데스크에 학자님과 차준후 대표님을 함께 모셔 보고 싶네요. 만약 차준후 대표님이 노벨경제학상을 받으면 경제학자와 사업가의 재미난 만남이 될 것 같아요.』

『그런 자리를 꼭 마련해 주세요.』

『차준후 대표님, 들으셨죠? 저희 프로그램에 꼭 참여해 주세요.』

CBC 방송국 뉴스에 등장한 유명한 미국 경제학자가 소신을 밝혔다.

사실 CBC 방송국은 방송을 시작하기 전에, 경제학자에게 어떻게 답변할 생각인지 미리 이야기를 들어 두었다. 만일 차준후에 대한 부정적인 이야기를 꺼낼 생각이었다면 사전에 조율해 둘 필요가 있기 때문이었다.

라운 감독의 차기작을 노리고 있는 CBC 방송국이기에 차준후의 심기를 거스를 수는 없는 노릇이었다. 애당초 이번 방송을 진행한 이유도 차준후에게 힘을 실어 주며 그의 호감을 사기 위해서였다.

그러나 경제학자는 진심으로 차준후를 높게 평가하고 있었다. 별도의 의견 조율은 필요 없었다.

그렇게 미국의 유명 경제학자가 차준후를 고평가하며

수상 자격이 충분하다는 의견을 밝히자, 전 세계 여론은 일리 있다며 그의 뜻에 동조하는 흐름이 생겨나기 시작했다.

그것을 가만히 두고 볼 수 없었던 일본은 거액의 돈을 들여서라도 그 흐름을 바꾸기 위해 움직였다.

「일본은 이미 아시아 제1의 경제대국이며, 이제는 아시아를 넘어 세계 선진국들과 어깨를 나란히 할 날이 얼마 남지 않았다. 일본이 이러한 성장을 이루어 낼 수 있었던 건 모두 일본의 유능한 경제학자들의 이론이 뒷받침해 준 덕분이다.」

1961년의 일본은 아직 전후 복구를 끝마치지 못하여 아직 경제적으로 미흡한 면이 많았다. 아시아에서는 가장 부유하지만, 세계 전체를 놓고 본다면 평균 수준밖에 되지 않는 게 현실이었다.

그러나 무척 빠른 성장세를 보이고 있는 것 또한 사실이었다.

실제로 일본은 1964년에 OECD에 가입하고, 올림픽을 개최하는 등 약진하기 시작하고, 1969년에 이르러서는 미국과 소련을 제외하면 경제 규모 1위 국가가 된다.

이러한 일본의 경제 성장은 대단하다 할 만했다.

그들이 자신들의 업적과 능력을 떠벌릴 뿐이라면 딱히 문제라고 지적할 것도 없었다.

그러나 일본은 여기서 그치지 않았다.

「반면 대한민국은 아직도 가난에서 벗어나지 못했고, 다른 나라의 원조 없이는 살아가기 힘든 나라다. 만약 차준후가 노벨경제학상을 수상할 정도로 뛰어나다면, 어째서 한국은 아직까지 최빈국에 머무르고 있는가?」

「이번에 차준후가 노벨경제학상 후보에 오른 것은 무언가 착오가 있던 게 분명하다.」

일본은 미국의 삼류 잡지사들에게 돈을 먹여 차준후에 대해 비난하는 기사들을 쏟아 냈다.

일본의 경제학자들이 노벨상을 수상받아야만 하는 이유를 어필하기보다는, 그저 차준후가 어째서 노벨상을 수상받으면 안 되는지 이야기하는 기사였다.

일본에게 실질적으로 득이 될 것이라고는 하나도 없는, 그저 차준후를 깎아내리는 것이 전부인 추잡한 행동이었다.

그렇게 미국에서도 대한민국과 일본의 언론전이 치열하게 벌어졌다.

하지만 그러한 노력에도 미국 여론은 딱히 일본 쪽으로

기울어지지 않았다. 둘 중 하나를 택한다면 차준후가 낫지 않느냐는 게 대부분의 의견이었다.

"한국과 일본 중 한 곳에서 노벨경제학상을 받는다면 차준후가 낫지 않아?"

"그렇지. 미국인 중에서 수상받을 게 아니라면, 미국에 세금을 내고 미국인을 고용해 주는 차준후가 받는 게 낫지."

"그래. 이왕이면 미국에 큰 도움이 되는 인물이 받으면 좋지. 내 친구는 차준후 대표가 개발해 낸 우로키나아제 치료제를 투여받고 쾌차했어."

"내 사촌도 덕분에 목숨을 구했다고 하더라."

미국인들은 이미 차준후를 반쯤 미국인이라고 생각하고 있었고, 스카이 포레스트는 외국 기업이라고 생각하지 않았다.

자국민, 자국 기업이나 다름없다고 생각했기에 일본에서 제아무리 차준후에 대한 부정적인 잡지 기사를 내보내도 미국인들은 넘어가지 않았다.

아무래도 팔은 안으로 굽기 마련이었다.

일본과 한국뿐만 아니라, 미국 언론에서까지 노벨경제학상을 놓고 벌어진 경쟁은 점차 점입가경으로 치닫고 있었다.

그리고 이런 소식은 당연히 노벨경제학상 후보를 심사

하는 스웨덴 왕립 과학 아카데미에도 전해졌다.

"상을 만들자마자 난리군."

"최초의 노벨경제학상 수상자가 이미 내정됐는지 물어보는 연락이 여기저기서 오고 있어요."

"어디서 그런 걸 묻는 거야?"

"미국, 일본, 프랑스, 영국, 대한민국 등 연락이 안 오는 곳을 세는 게 빠를 정도네요."

"노벨상은 수상자를 사전에 공개하지 않고 당일에 발표하는 게 원칙인 걸 모르는 건가?"

"그걸 모르겠어요? 이번처럼 화제가 됐던 적이 없으니 전 세계 언론에서 주목하는 듯해요."

"음! 너무 시끄러워지고 있긴 하네. 이러다간 자칫 노벨상에 흠집이 생길 수도 있겠어. 문제가 더 커지기 전에 우리의 의견을 표명하는 게 좋겠어."

"그럴 필요가 있을까요? 오히려 세상에 관심이 집중되면 좋은 일 아니겠어요?"

실제로 이번처럼 노벨상이 화제가 되는 일은 드물었다. 특히 노벨경제학상은 이번에 최초로 수여되는 것이기에 사람들에게 인지도 자체가 무척 낮았다.

그런데 한국과 일본의 경쟁 탓에 전 세계에 노벨경제학상이 만들어진다는 게 알려지게 되었다.

이건 무척 호재라고 할 수 있었다.

"이번 기회에 우리 스웨덴 왕립 과학 아카데미도 알릴 수 있으니 좋을 거 같은데요."

스웨덴 왕립 과학 아카데미는 수학, 천문우주학, 물리, 화학, 지구과학, 생명과학, 의학, 공학, 사회학, 인문학까지 다양한 분야의 전문가들이 모여 있는 기관으로, 세계 각국의 연구기관과 교류하며 각 분야의 발전에 크게 기여하는 엄청난 곳이었다.

그러나 일반인들은 노벨상은 알아도, 노벨상 수상자를 선정하는 기관 중 하나인 스웨덴 왕립 과학 아카데미에 대해서는 알지 못하는 경우가 대부분이었다.

"뭐? 그러면 지금 벌어지고 있는 논쟁을 방관하자는 건가?"

"저희가 이번 일에 대해 왈가왈부한다면 오히려 문제가 더 커질 수도 있죠."

틀린 말은 아니었다. 후보 심사를 진행하는 기관에서 어느 한쪽의 편을 든다고 느낄 수도 있는 발언을 한다면, 그때야말로 노벨상에 흠집이 생길지 모르는 일이었다.

애당초 지금 한국과 일본, 두 나라 중 한 곳에서 수상자가 나오지 않을 수도 있는 일이었으니 더더욱 그러했다.

"맞는 말이야. 섣부르게 중재를 하려다간 더 큰 문제가 될 수도 있지."

"그렇죠. 그러니까 우리는 그저 상황을 지켜볼 수밖에 없는 거고, 그렇게 상황을 관망하고만 있어도 이득을 보게 될 거예요."

"그래. 그러면 이번 일은 지켜보는 걸로 하자고."

그렇게 이번 노벨경제학상 수상자에 대한 논란을 잠재울 수 있는 유일한 기관인 스웨덴 왕립 과학 아카데미가 입을 다물자, 논란은 수그러들지 않고 계속해서 타올랐다.

누가 노벨경제학상을 수상하게 될지 사람들이 점점 더 궁금해하니, 자연스레 스웨덴 왕립 과학 아카데미 또한 주목을 받으며 어떠한 기관인지 여러 차례 기사로 보도되었다.

사람들은 스웨덴 왕립 과학 아카데미가 얼마나 대단한 사람들이 모여 있는지 곳인지 알게 됐고, 그들의 활동을 주목했다.

그리고 마침내 노벨경제학상 수상자 발표일이 다가왔다.

이미 다른 노벨상들은 수상자 발표를 끝마쳤고, 노벨경제학상 수상자 발표만 남겨 둔 상황이었다.

다른 노벨상 수상자를 발표하는 날보다 많은 기자와 관계자들이 발표회장을 찾았다.

"제가 뜸을 들이면 기자님들을 비롯한 많은 분들이 불

편해하시겠죠."

"맞습니다. 오늘까지 너무 오래 기다렸다고요."

"빨리 발표해 주세요. 숨이 넘어갈 것 같아요."

"바로 노벨경제학상 수상자를 발표하겠습니다."

발표를 앞두고 발표회장이 갑작스럽게 조용해졌다.

발표회장에는 각국의 언론인, 학자들이 잔뜩 모여 있었다. 그중에서도 특히 한국과 일본 관계자들은 초조한 표정으로 발표를 기다렸다.

"인류 번영에 영향을 준 1961년 노벨경제학상 1회 수상자는 바로……."

뜸을 들이지 않겠다고 했지만 잠시 말을 멈춘 발표자였다. 자신의 발표만 기다리고 있는 사람들을 보면서 살짝 웃기까지 하는 여유를 보였다.

"축하합니다. 대한민국의 차준후입니다."

"우와아! 됐다. 차준후가 노벨경제학상을 먹었다."

"대한민국 최초의 노벨상을 차준후가 받아 냈다."

"빨리 이 사실을 국내에 알려야만 해. 최초의 특종은 우리가 차지한다."

"나는 차준후가 해낼 줄 알았어."

"일본에는 절대로 지지 않는 사나이가 바로 차준후라고."

대한민국 관계자들이 환호성을 내질렀다.

축제였다.

"망했네."

"이 사실을 어떻게 알리냐?"

"보도하지 말고 그냥 넘어가자고."

"국민들의 관심이 지대한데, 언급조차 하지 않는다는 게 말이 되냐?"

"그럼 이걸 기사로 내보내는 건 말이 된다고 생각해?"

"그것도 말이 안 되는 거지."

일본 관계자들은 아주 죽을 것 같은 표정을 짓고 있었다.

믿기지 않는다는 망연자실한 표정으로 있던 그들은 패배자처럼 발표회장을 빠져나갔다.

일본은 그동안 노벨경제학상을 두고 언론 플레이를 해왔던 것이 부메랑으로 돌아와 이러지도 저러지도 못하는 상황이 만들어졌다.

* * *

「노벨경제학상은 차준후 대표의 품으로 나비처럼 날아들었다.」

「노벨상도 차준후의 대단함을 알아봤다.」

「처음부터 노벨경제학상은 차준후의 몫이었다.」

「일본은 애당초 대한민국의 상대가 아니었다.」
「발표회장에서 꼬리 말고 도망가는 일본 관계자들의 모습을 보면서 본 기자는 통쾌함을 느꼈다.」

신문사들이 앞다퉈서 호외를 발행했다.
"호외요! 호외! 차준후 대표가 노벨상을 먹었어요!"
"어이! 여기 신문 하나 줘."
"여기 있어요."
"고마워."
지나가던 행인이 어린 신문팔이의 이야기를 듣고서 신문을 구매했다.
사지 않을 수 없는 기사가 실린 신문이었다. 술값을 아껴서라도 오늘 신문만큼은 구매해야만 했다.
"역시 해낼 줄 알았다니까."
"차준후 대표는 대한민국이 낳은 최고의 건아잖아."
"우와! 노벨상을 받으면 그야말로 인생역전을 할 만큼의 상금을 주는구나."
"쯧쯧쯧! 상금에 눈이 멀었구나. 우리 같은 서민에게나 상금이 많은 거야. 차준후에게는 이 정도 상금은 발톱의 때만도 못해."
"그렇기는 하다. 이번에 복지재단에 출연한 금액만 해도 엄청나다고 하더라."

"그러니까. 차준후 정도 되는 재산가한테는 명예가 더 중요하지."

"네 말이 옳다. 옳은 말을 한 의미에서 오늘 술값은 내가 낸다."

"아니야. 기분이 너무 좋으니까 잘난 내가 낼게."

"그냥 반반씩 내자. 나도 오늘만큼은 양보를 못하겠다."

"그러자고."

살맛 나는 기사가 튀어나왔기에 전국 술집에 주당들이 모여들기 시작했다. 차준후 덕분에 다시 한번 술집들이 대목을 맞게 됐다.

술집들에 있어 차준후는 아주 고마운 존재였다.

대한민국이 축제로 아주 즐거워하고 있을 때 일본은 초상집 분위기였다.

신문에 아주 짧은 단문으로 노벨경제학상이 차준후에게 돌아갔다고 밝히거나 그냥 보도를 하지 않았다.

그렇지만 수상 발표일이 지났음에도 언론이 조용한 걸 보고서 일본인들은 자국 경제학자가 노벨경제학상을 수상하지 못했음을 직감하였다

그리고 결국 얼마 지나지 않아 대한민국의 차준후가 됐다는 진실이 일본에도 파다하게 퍼져 나갔다.

일본에 보급되고 있는 미국의 LA 타임즈와 뉴욕 타임즈에서 차준후가 노벨경제학상을 수상했다는 기사를 비

중 있게 내보냈기 때문이었다.

　게다가 주일 미군의 방송국에서도 뉴스를 내보냈다.

　주일 미군의 방송은 영어 공부와 팝송을 접하는 데 있어 중요한 통로였기에 시청하는 일본인들이 상당했다.

　일본 언론이 외면하고 있는 차준후의 노벨경제학상 수상 소식을 뉴스를 통해 접한 일본인들은 큰 충격을 받아야만 했다.

　전쟁을 벌였다가 패배한 것이었고, 일본 열도의 침몰이나 마찬가지였다.

* * *

　흉작이었다.

　농촌에서는 형편없는 벼 수확량으로 인한 피해를 어떻게든 줄이려면 쌀값을 올려 받아야 했지만, 군사정부의 저곡가 정책 탓에 흉작으로 가뜩이나 내몰린 상황에서 더욱 나락으로 떨어져 버렸다.

　"돈이 있어도 쌀을 살 수가 없다!"

　"정부는 각성하라!"

　"쌀을 내놓아라! 먹고살게는 해 줘야 한다!"

　도시는 도시대로 난리였다.

　거리에서 사람들이 모여서 시위를 하고 있었다.

서슬 퍼런 군사정부 시대이지만 사람들은 너무나도 먹고살기가 힘들어서 거리로 뛰쳐나온 것이었다.
　흉작으로 쌀을 찾기 힘들어지자 사람들은 사재기를 하기 시작했고, 돈이 있어도 쌀을 못 구하는 상황이 벌어졌다. 군사정부는 사재기를 엄격히 단속했지만 효과가 그리 신통치 않았다.
　"벼가 흉작이어서 큰일이네."
　포드 차량을 타고 이동 중이던 차준후가 시위를 보면서 걱정하였다.
　게다가 시위대 주변에는 군인들이 삼엄한 경계를 펼치고 있었다. 군사정부에서는 시위가 더욱 번지는 걸 염려하고 있는 것이었다.
　"근본적인 해결책을 마련해야 하는데……."
　쌀값이 올라가지 않는다고 해도, 어차피 쌀이 부족하면 살 수 없는 건 마찬가지였다.
　생산량이 충분히 뒷받침되지 않는 상황에서 무작정 쌀값을 제한한다면, 오히려 농촌은 더욱 파탄이 나며 농사를 포기하고 더욱 식량 생산이 줄어드는 악영향을 불러일으킬 뿐이었다.
　물론 군사정부도 이러한 사실을 모르진 않을 테고, 지금쯤 방도를 찾고 있을 터였다.
　그리고 실제로 원 역사에서도 평가가 많이 갈리기는 하

지만, 다양한 방법으로 식량 부족 문제를 해결하고자 움직였다.

다만 문제는 그조차도 너무 움직임이 너무 느리다는 것이었다.

차준후는 그때까지 기다려 줄 생각이 없었다.

언젠가는 알아서 해결될 일이라며 내버려두기에는 식량 부족으로 인해 발생하는 문제가 너무나도 심각했다.

그저 밥을 배불리 먹고 싶다는 소박한 소원을 가지고 살아가는 사람들이 많았다. 하루라도 빨리 전 국민이 배불리 먹어도 쌀이 남아도는 대한민국을 만들고 싶었다.

자신이 하는 일이 얼마나 도움이 될지는 알 수 없으나, 차준후는 최대한 식량 부족 문제가 해결되는 시기를 앞당겨 보고자 마음먹었다.

그리고 지금 그가 향하는 곳이 바로 그 시작점이었다.

차준후를 태운 차량이 시위대를 지나쳐서 경성대학교로 향했다.

포드 차량이 농과대학 건물 앞에 멈췄다.

차량에서 내린 차준후가 약속을 잡은 허문호 교수실을 찾아갔다.

"처음 뵙겠습니다. 차준후입니다."

"허문호입니다."

갑작스러운 만남 요청에 허문호는 지금도 얼떨떨해 있

는 상태였다.

대한민국 최고의 사업가가 왜 자신을 찾아온단 말인가?

마치 경성대학교 총장을 만난 것처럼 잔뜩 긴장하고 있었다. 아니, 차준후는 총장보다도 더욱 높은 신분과 영향력을 지닌 인물이었다.

그럴 리는 없겠지만 혹시라도 밉보였다가는 어렵게 자리 잡은 교수 자리가 날아갈 수도 있었다.

"교수님께서 평소 대한민국의 식량 부족 문제 해결에 대해서 고민하고 있다고 해서 찾아왔습니다."

차준후는 허문호를 존경했다.

그도 그럴 것이 허문호는 삼원 교배를 통해 대한민국의 식량 부족 사태를 해결해 낸 인물이었다.

삼원 교배!

예전에 시도되지 않던 창의적인 육종법인 삼원 교배를 통해 성공시킨 학자가 바로 눈앞의 허문호였다.

제8장.

삼원 교배

삼원 교배

통일벼!

삼원 교배를 통해 세상에 처음 모습을 드러낸 신품종이 바로 통일벼였다.

대한민국의 식량난을 해결하기 위해 허문호 고생을 갖은 노력을 다하였고, 세상에 없던 육종법을 개발해 내서 통일벼를 만들어 냈다.

"연구한 지 얼마 되지 않아서 그 사실을 알고 있는 사람이 많지 않은데……."

"저도 식량 부족 문제 해결을 고민하고 있었는데, 교수님 이야기를 들었습니다. 제가 이쪽으로 관심이 많습니다."

차준후가 적당히 둘러댔다.

미래에서 당신의 성과를 보고서 접근했다고 이야기할 수도 없고, 이런 질문은 참으로 난처했다.

"대표님께서도 저와 같은 고민을 하고 계셨군요."

허문호는 식량 부족 문제를 본질적으로 들여다보고 있는 차준후에 대해서 속으로 감탄했다. 매년 보릿고개가 되풀이되고 있는 식량난을 하루빨리 해결해야만 했다.

그런데 안타깝게도 이 문제에 대해 진지하게 고민하고 있는 사람은 많지 않았다. 지원되는 예산이 쥐꼬리만큼 적었고, 또 인력도 극소수였다.

"식량난을 해결하기 위해 농촌에 농기계를 보급하고 있는데, 이는 한계가 있습니다."

스카이 포레스트에서는 농민들에게 농기계를 대여해 주고 있었다. 덕분에 생산 효율이 늘어나기는 했지만 날씨가 도와주지 않아서 흉작이 찾아왔고, 고질적인 식량 문제를 해결하기에는 미흡했다.

"비록 올해 흉작이지만 농기계를 활용했기에 그나마 버텼다는 자료가 있어요. 커다란 도움이 되었습니다."

허문호는 스카이 포레스트의 농기계 대여를 대단히 높이 평가했다.

약간의 대여비를 받고 있었지만 그건 비싼 농기계 가격에 비해서 헐값에 불과했다. 일일이 사람의 손으로 하던 일을 농기계가 동원되자 편리하면서도 더욱 대규모로 벼

농사를 지을 수가 있었다.

벼농사의 기계화를 진행하면서 날씨가 도와준다면 식량 부족 문제 해결에 일조를 할 수도 있다는 소리였다.

"계속해서 농기계의 보급을 늘릴 계획이지만 한계가 뚜렷합니다. 농기계 보급과 함께 벼의 품종 개량을 해야만 합니다."

차준후는 근본적인 해결책을 원했다.

그리고 허문호의 통일벼는 당장의 식량난을 해결할 수 있는 확실한 방법이었다.

물론 통일벼가 생산량에 장점이 있는 반면, 맛과 재배법, 생육 기간 등 다양한 문제가 있는 품종이긴 했다.

그러나 당장은 사람을 살리는 것이 우선 아니겠는가.

차준후는 당장 식량이 부족한 상황에서 통일벼 재배는 필요한 일이라고 판단했다.

통일벼의 단점에서 비롯되는 다른 문제들을 해소할 수 있는 다른 방안도 함께 마련하면 부작용을 최소화할 수 있을 것이었다.

"맞습니다. 그래서 저도 수확량을 높일 수 있는 품종을 개발하기 위해 연구 중이었던 거고요."

허문호는 오랜만에 생각이 일치하는 사람을 만나게 되니 반가운 기분이 들었다.

그리고 그 사람이 대한민국에서 가장 유명 인사라 해도

과언이 아닌 천재 차준후이기에 더더욱 그러했다.

"성과는 있습니까?"

"아쉽게도 아무런 성과가 없네요."

허문호가 안타까운 표정을 지었다.

당연히 신품종 개발이라는 게 간단히 이뤄질 리가 없었다. 원 역사에서도 통일벼가 개발되기까지는 정말 오랜 시간이 소요되었고, 그 탓에 대한민국은 1976년에 이르러서야 쌀 자급이 안정화 수준에 도달한다.

1961년인 지금 무언가 진척이 있을 리가 없었다.

그리고 그것을 알기에 차준후는 이곳에 온 것이었다. 조금이라도 더 빨리 통일벼가 완성될 수 있도록 도움을 주기 위해서.

"교수님, 국제미작연구소에 연구원으로 다녀오시는 건 어떻겠습니까?"

국제미작연구소, IRRI(International Rice Research Institute)은 1960년에 필리핀에 세워진 농업연구기관으로, 벼에 관한 연구를 통해 빈곤과 기아의 박멸을 목표로 하는 곳이었다.

벼와 관련해서는 세계적인 권위를 지닌 기관이며, 통일벼도 이곳에서 개발한 벼 품종을 가져와 개량한 끝에 탄생했다.

원 역사보다 빨리 이곳과 교류를 시작하며 협력할 수

있다면, 통일벼의 탄생을 앞당길 수 있을지도 몰랐다.

"교수님께서 원하신다면 다른 연구원분들도 모두 국제미작연구소에 데리고 가셔서 마음껏 연구하실 수 있게 후원하고 싶습니다."

차준후가 시원하게 질렀다.

허문호가 홀로 연구하는 것보다 팀으로 움직여야 더욱 연구하기가 수월하리라!

차준후는 필요하다고 느끼는 일에는 결코 돈을 아끼지 않았다.

그리고 지금 허문호에게 가장 필요한 일이 무엇인지 아는 건 어렵지 않았다. 그 역시도 연구원 출신이었으니까.

"그리고 국제미작연구소까지 편하게 가실 수 있도록 제트여객기까지 지원해 드리겠습니다."

정부에게 SF 항공 설립 허가를 받아 낸 차준후는 곧바로 준비를 해 나가기 시작했다.

그러나 항공사라는 건 지금까지 스카이 포레스트에서 진행했던 사업들 중에서도 특히나 준비에 오랜 시간이 걸렸다.

수많은 이들의 안전이 달린 일이기에 철저하고, 신중하게 준비할 필요성이 있기 때문이었다. 그렇기에 SF 항공은 승객들의 안전을 책임질 정비사, 조종사, 승무원들 또한 그 어느 때보다 신중하게 채용을 진행했다.

그 과정에서 스카이 포레스트는 미국의 항공업체와의 제휴를 맺기 위해 움직였다. 아무래도 신생 항공사다 보니 부족한 면이 많았고, 전문적인 부분에서 역사가 깊은 항공사에게 도움을 받는 편이 준비가 수월할 수 있었다.

아무튼 그런 이유로 바잉사에게 구매한 707-320 제트 여객기 중 일부는 아직 운행에 들어가지 못한 채 격납고에 잠들어 있는 상황이었다.

차준후는 그것을 허문호를 비롯한 연구원들에게 빌려주고자 한 것이었다.

현재 대한민국에는 필리핀으로 직항하는 노선이 없다 보니, 전용기를 이용해 이동한다면 한결 편할 터였다.

"정말이십니까?"

허문호가 크게 반색했다.

벼를 연구하는 사람들에게 국제미작연구소는 꿈의 연구기관이었다.

너무 좋은 이야기라서 믿기지가 않았다.

그런데 왜?

그런데 아무런 연관도 없는 차준후가 왜 거액을 들여서 국제미작연구소에 보내 준다는 것인가?

도무지 이해가 가지 않았다.

"어째서 이렇게까지 지원해 주시는 겁니까?"

"말씀드렸다시피 저도 식량 부족 문제를 오랫동안 고민

을 해 왔습니다. 그리고 교수님이라면 대한민국의 식량난을 해결하실 수 있으리라는 믿음이 있기 때문입니다."

미래를 알고 있는 차준후였다.

허문호가 통일벼를 만들어 대한민국이 쌀을 자급할 수 있도록 만드는 데 기여한다는 사실을 이미 알고 있으니 망설임 없이 투자를 결심할 수 있었을 뿐이었다.

"감사합니다. 대표님의 지원이 헛되지 않도록 대한민국의 식량 자급자족을 반드시 이뤄 내겠습니다."

허문호가 울컥했다.

눈시울이 붉어졌다.

자신을 알아주는 사람이 있어서 고마웠다.

그리고 그 사람이 돈 많은 차준후라는 사실이 너무나도 행복했다. 덕분에 후원을 받아서 국제미작연구소에 연구원들과 함께 갈 수 있게 됐다.

돈 많은 후원자는 연구원들에게 있어 최고였다.

"이제부터는 제가 품종 개발 연구에 필요한 모든 비용을 후원하겠습니다. 그러니 마음껏 연구하세요. 그리고 필리핀에 가 계시는 동안 한국에 남아 있을 연구원분들의 가족분들도 스카이 포레스트에서 책임지고 돌봐 드리겠습니다."

차준후는 연구비를 타내기 위해서 고생하는 연구원들의 심정을 잘 알았다.

삼원 교배 〈217〉

각종 기관을 쓸개를 떼어 내는 심정으로 돌아다녀야 한다. 두툼한 서류를 지닌 채 입이 아프도록 이야기해야 쥐꼬리만 한 연구비를 겨우 타낼 수 있다.

 특히 정부 자금이 부족한 이 시기는 연구원들에게 있어 암흑기나 마찬가지였다. 세계적인 권위자인 우장천 박사도 연구비와 제대로 된 지원이 없어서 크게 고생하지 않았던가.

 대한민국은 연구 개발비에 대해서 인색한 면이 많았다. 높은 사람들은 연구원을 강하게 압박만 하면 그냥 결과물이 나오는 줄 알았다.

 차준후는 이런 시스템 구조 속에서 고통받고 있는 연구원들을 돕고 싶었다. 연구원들이 편하게 연구하고, 또 연구한 결과물을 통해 제대로 된 보수를 받을 수 있게 만들려고 하였다.

 이공계가 성숙해야 대한민국의 경제와 발전에도 이로웠다.

 "……크흑!"

 이제 더 이상 돈 때문에 고생하지 않아도 된다는 사실에 허문호는 진짜로 눈물을 흘릴 것만 같았다.

 이런 후원자를 만나 본 적이 없었다.

 동료와 선후배들에게서도 들어 보지 못했다.

 돈이 넘치도록 많은 차준후 덕분에 앞으로 연구하면서

아무런 걱정을 하지 않아도 됐다. 그리고 가족들의 삶까지 드라마처럼 환상적으로 바뀌어 버렸다.

"그리고 저희 SF 생명공학연구소에서 삼원 교배를 연구 중인데, 교수님께서도 연구를 진행해 봐 주셨으면 합니다."

차준후가 은근슬쩍 삼원 교배에 대한 이야기를 풀어놓았다.

"삼원 교배요?"

"세 가지 품종의 벼를 교배하는 육종법이죠."

삼원 교배는 우선 두 종을 교배하여 하나의 교잡종을 만들어 낸 후, 이것을 또다시 다른 종과 교배하는 식으로 총 세 가지 품종의 벼를 교배하여 새로운 품종을 만들어 내는 육종법을 뜻한다.

그리고 통일벼는 세계 최초로 그 삼원 교배를 통해 만들어지는 품종이었다.

"대표님께서 생각하신 겁니까?"

허문호가 호기심을 잔뜩 드러냈다.

천재인 차준후의 명성은 그동안 귀가 따갑도록 들어왔다. 세상에 없던 새로운 기술들을 마구 내놓고 있는 천재라고 말이다.

"그저 발상만 떠올렸을 뿐이지, 아직 제대로 된 결과물은 나온 게 없습니다. 그래서 교수님께서 그 결과물을 만들어 주셨으면 합니다."

"알겠습니다. 차준후 대표님의 창의적인 육종법을 제가 실증해 보이겠습니다. 그래서 대표님의 명성을 드높이겠습니다. 맡겨만 주십시오."

허문호가 열정을 드러냈다.

"아닙니다. 저는 그저 떠오른 생각을 내뱉은 것뿐인데, 결과물이 나온다면 고생하신 교수님께서 명성을 가져가시는 게 맞는 거죠."

차준후는 허문호가 삼원 교배에 대한 모든 성과를 가져가길 원했다. 이번에 개입한 건 그저 대한민국의 식량난이 한시라도 빨리 해결되길 바랐을 뿐이지, 무언가 이득을 취하기 위함이 결코 아니었다.

"아니죠! 그런 생각을 떠올리신 것만으로도 대단한 겁니다. 이런 독창적인 발상들은 그 자체만으로도 존중을 받아야만 합니다!"

허문호가 격렬하게 반대했다. 학자로서의 양심이 용납하지 않았다.

그리고 무엇보다 후원자를 상대로 공적을 빼앗는다는 찝찝함을 느끼기 싫었다.

"음! 그건 시간을 두고 차차 이야기하도록 하죠. 아무튼 봄에는 국제미작연구소에서, 가을에는 한국에서 연구를 진행하시면 될 듯합니다."

"그렇게 하면 1년에 두 차례 실험을 해 볼 수 있겠네요."

한국과 달리, 고온다습한 동남아시아에서는 봄, 가을에 두 차례 벼를 수확하는 게 가능하다.

그렇기에 1년 내내 국제미작연구소에 머무르며 연구를 진행할 수도 있지만, 결국은 한국의 기후 환경에 적합한 모종을 찾아야 하는 것이기에 가을에는 한국으로 돌아와 실험할 필요가 있었다.

"그러면 채비가 끝나는 대로 연락 주시면, 곧바로 국제미작연구소로 가실 수 있도록 준비해 두도록 하겠습니다."

이로써 원 역사보다 일찍 대한민국의 식량난을 해결할 수 있는 기틀을 마련한 차준후였다.

며칠 뒤, 빠르게 준비를 마친 허문호와 그의 연구팀 일원들이었다.

경성대학교에서도 후원자로 차준후가 나섰다는 걸 듣고서 적극적인 지원을 하였다. 지금까지 좀처럼 받기 힘들었던 지원을 차준후의 등장으로 수월하게 받게 됐다.

그들이 김포공항에서 스카이 포레스트 전용기를 타고 필리핀으로 날아갔다.

* * *

영장산 SF 생명공학연구소.

생명공학연구소는 영장산 일대에 심은 꽃과 식물 등을 연구하는 스카이 포레스트의 연구소였다. 연구원들은 풍족한 연구비를 바탕으로 종자 연구를 비롯해서 다양한 실험을 하고 있었다.

원예와 농업 분야의 세계적인 권위자였던 우장천 박사의 제자와 동료들이 연구소에 대거 합류한 상태였다.

"장미꽃 연구는 잘되고 있나요?"

차준후가 물었다.

장미는 오랜 옛날부터 사랑받던 꽃으로, 그만큼 오랫동안 품종 개량이 이루어지며 무려 수만 종이 넘는 장미가 탄생했다.

그러나 현존하는 장미 품종은 수천 종에 그쳤는데, 제아무리 아름답고 향기로운 장미라고 해도 모든 장미가 사람들에게 사랑받긴 현실적으로 어려운 까닭이다.

그 탓에 매해 상당한 수의 품종이 새롭게 개발되지만, 상품성을 인정받고 계속해서 재배되는 장미 품종은 그렇게 많지 않았다.

그리고 찔레꽃도 상품성을 인정받지 못한 장미 중 하나였다.

그러나 찔레꽃이 영원히 대중들에게 외면받는 건 아니었다. 21세기에 이르러서는 찔레꽃에 은은한 향기를 담아낸 향수들도 개발되며 점차 사랑받기에 이른다.

 차준후는 빌바오 샤르트르의 향수를 통해 그 시기를 앞당기고자 했고, 영정산의 화훼 단지를 찾는 관광객들에게 찔레꽃의 매력을 선보이려 했다.

 그뿐만이 아니었다.

 SF 생명공학연구소는 찔레꽃의 품종 개량을 통해 찔레꽃의 또 다른 매력을 찾기 위한 연구도 진행하고 있었다.

 그리고 그 연구의 책임자인 빌바오 샤르트르는 프랑스의 아인농장에 협업을 제안했고, 아인농장의 주인이자 빌바오 샤르트의 아버지인 장 샤르트르는 기꺼이 그 제안을 수락했다.

 덕분에 아인농장이 3대를 거듭하며 쌓아 올린 장미 교배 기술이 SF 생명공학연구소에 고스란히 흡수됐다.

 "한국산 장미인 찔레꽃과 센티폴리아을 이종 교배해 보고 있습니다. 시간을 두고 지켜봐야겠지만 흥미로운 결과가 나올 것 같습니다."

 차준후의 물음에 빌바오 샤르트르가 웃으며 말했다.

 빌바오 샤르트르는 찔레꽃의 은은한 향을 더욱 깊이 있게 만들기 위해 각고의 노력을 기울이고 있었다.

 고향에서도 매일같이 반복하던 작업이었기에 어려울

것도 없었으며, 오히려 그때보다 환경도 훨씬 좋아졌기에 수월해진 편이었다.

개인 작업실에서 홀로 연구를 했을 때는 온갖 궂은일도 혼자 도맡아야 했는데, SF 생명공학연구소에서는 원예사들과 연구소 직원들이 그의 손발이 되어서 움직여 주었다.

덕분에 작업 속도도 훨씬 빨라졌을 뿐만 아니라, 전반적인 효율이 좋아졌다.

"신품종 찔레꽃이 나오면 화려하고 멋진 향수를 기대할 수 있겠군요."

"물론이죠."

빌바오 샤르트르가 자신감을 듬뿍 드러냈다.

최근 그가 한국의 야생화들을 이용해 만든 7종의 향수들은 미국에서 절찬리에 판매되고 있었다.

그 성과를 전해 들은 빌바오 샤르트르는 결국 참지 못하고 휴가를 내고선 미국까지 날아갔다. 그리고 백화점에 방문한 손님들이 줄을 지어 자신이 만든 향수들을 구매하고 있는 모습을 직접 확인하고는 흐뭇한 웃음을 지었다.

차준후를 따라서 한국으로 온 선택은 틀리지 않았던 것이다.

그때부터 더더욱 차준후에 대한 믿음이 강철처럼 단단

해졌고, 차준후가 내리는 지시라면 어떻게든 목표 이상의 성과를 내기 위해 노력했다.

　꿈을 이룰 수 있도록 도와준 차준후를 위해서라면 밤낮으로 일해도 전혀 힘들지 않았다.

　"개량에 성공한 품종들은 영장산에 식재해 주세요. 영장산을 찾는 사람들이 다시 방문하고 싶다는 생각이 들 정도로, 추억에 남을 만큼 아름다운 식물원을 만들어야 합니다."

　"영장산을 방문하는 관광객들이 사시사철 달콤한 향기를 몸에 묻히고 돌아갈 수 있도록 만들겠습니다."

　빌바오 샤르트르는 이제 아버지의 심정을 이해했다.

　마지못해 아버지의 밑에서 일할 때는 아버지가 어째서 그렇게 대를 이어 가며 농장을 키우려고 하셨는지 이해하기 어려웠는데, 한국에 와서 영장산의 원예를 책임지게 되며 이제는 아버지의 마음을 이해할 수 있었다.

　영장상을 찾은 이들이 즐거워하는 모습을 보면서 자신이 느낀 뿌듯함을 아버지도 느꼈던 것이리라.

　'고향에 들렀을 때 잘해 드려야지.'

　빌바오 샤르트르는 아버지를 만나게 되면 아버지의 마음을 헤아리지 못하고 철없이 굴었던 것을 사과할 생각이었다.

　"온실 상태는 어떤가요?"

"아버지의 농장보다도 훨씬 더 좋아요. 이 정도 규모의 온실은 유럽의 어느 화원에서도 찾기 어려워요."

그도 그럴 것이 돈이 잔뜩 투자한 온실이었다. 차준후의 아낌없는 투자 덕분에 영장산 식물원에는 세계 최고 수준의 온실이 만들어졌다.

심지어 이걸로 끝이 아니었다.

"다행이군요. 하지만 1차 공사가 끝났을 뿐이에요. 열대와 온대 등 다양한 기후를 유지하는 온실들을 만들 겁니다."

차준후는 영장산 식물원에 대규모 온실을 하나가 아닌, 다양한 기후와 습도에 맞춰 여러 개 만들 생각이었다. 영장산 식물원에서는 세계 각지의 식물들을 사시사철 볼 수 있을 것이었다.

"찔레꽃 품종 개량은 원연 교배를 하고 있는 거죠?"
"예, 맞습니다."
"삼원 교배는 어떻습니까?"

차준후가 허문호 교수에게 이야기했던 세 가지 품종을 교배하는 방식인 삼원 교배를 꺼내 들었다.

좋은 신지식은 공유를 해야지.

그래야 좋은 신품종들을 쭉쭉 만들어 낼 것이 아닌가.

"네? 그건 말도 안 됩니다. 삼원 교배라는 건 어디에서도 들어 보지 못했어요."

빌바오 샤르트르가 기겁했다.

우수한 장미 품종을 개발하기 위한 노력은 전 세계에서 치열하게 벌어지고 있었다.

품종 하나를 개발하는 데만 해도 수년이 걸리기도 했다.

그렇기에 빌바오 샤르트르로서는 시간을 허비하게 될지도 모르는 도전을 한다는 게 쉬운 일이 아니었다.

"이번에도 영감이 번뜩이신 건가요?"

"그렇지요."

"대표님을 믿고서 한번 해 볼게요."

빌바오 샤르트르는 차준후를 철석같이 신뢰했다. 천재 차준후가 가능하다고 말한다면, 가능한 것이리라 굳게 믿었다.

아니, 설령 불가능한 일을 부탁한다고 해도 어떻게든 가능하게 하리라 다짐하였다.

그렇게 빌바오 샤르트르와 이야기를 끝마친 차준후는 우장천 박사의 동료와 선후배들이 연구를 하고 있는 곳으로 이동했다.

"연구는 잘되고 있습니까?"

차준후가 장원철에게 물었다.

장원철은 우장천 박사의 사후에 연구진을 이끈 인물이었다. 그 덕분에 연구진들이 흩어지지 않고 하나로 모여 있을 수 있었다.

"아직까지 제대로 된 성과가 없습니다. 대표님의 지원을 잔뜩 받고도 아무런 성과를 내지 못해 면목이 없네요."

"그런 소리 하지 마세요. 품종 연구가 하루 이틀 사이에 나오는 게 아니잖아요. 조급해하지 마시고 꾸준하게 하시면 좋은 결과가 나올 겁니다."

"믿어 주시니 감사합니다."

장원철이 차준후를 보면서 환하게 웃었다.

장원철을 비롯한 연구진은 SF 생명공학연구소에 채용된 이후, 전에 경험해 보지 못했던 지원 아래에서 연구비, 생활비 걱정 없이 마음껏 연구를 할 수 있었다.

이토록 자유롭게 연구를 할 수 있다니 상상조차 하지 못한 일이었다.

정부기관에서 일할 때는 제대로 된 지원조차 해 주지 않으면서 거센 압박만 가해 오는 탓에, 오히려 연구에 집중을 할 수가 없었다.

그에 반해 차준후는 이 분야에 지식이 깊었고, 그들의 연구를 제대로 이해하고 있는 덕분에 따로 요청하지 않아도 다방면에서 지원을 해 주었다.

덕분에 장원천을 비롯한 연구진은 아주 편하고, 자유롭게 연구에 집중했다.

"아, 박사님이 요청하셨던 작물 종자들을 가지고 왔습니다."

차준후는 장원철의 요청으로 해외의 작물 종자들을 수입해 왔다.

식물, 작물 종자들은 해외에서 국내로 들여올 때, 철저한 검역 절차가 필요하다.

국내에 없던 식물이나 작물을 새로이 키우게 되었을 때, 예상치 못한 병해충 문제가 발생하여 큰 피해를 야기할 수도 있기 때문이다.

그래서 장원철이 요청한 작물 종자를 찾는 것도 시간이 제법 걸렸는데, 더더욱 시간을 잡아먹힐 수밖에 없었다.

"오오! 드디어 새로운 실험을 해 볼 수 있겠네요!"

장원철은 한 줌 크기밖에 되지 않는 작은 봉지의 담겨 있는 종자들을 보면서 좋아했다.

이 작고 가벼운 종자들이 대한민국의 식량난을 해결하는 데 보탬이 되어 줄 보물들로, 외국의 고추, 오이, 호박, 수박 등 식용할 수 있는 식물 종자들이었다.

장원철과 그의 연구팀들은 화훼보다는 대한민국의 식량 문제를 해결하기 위해 작물 연구에 집중하고 있었다.

"그 실험, 혹시 이번에는 삼원 교배로 진행해 보시는 건 어떻겠습니까?"

차준후가 빌바오 샤르트르에게 제안했던 삼원 교배 이

야기를 다시 한번 꺼내 들었다.

"삼원 교배요? 그게 가능하다고 보시는 겁니까?"

장원철은 생각지도 못한 이야기에 허문호와 빌바오 샤르트르 때와 마찬가지로 놀란 반응을 보였다.

"저는 그렇게 생각하고 있습니다."

차준후는 이게 가능하다는 걸 증명할 만한 근거를 제시할 수는 없었다.

수년 뒤 허문호가 삼원 교배에 성공하는 건 벼에 해당하는 이야기였다. 장미도 그게 가능한 일인지는 차준후도 알지 못했다.

하지만 장원철과 그의 연구진들이라면 충분히 해낼 수 있으리라 믿었다.

"으음…… 대표님이 그렇게 생각하신다면 가능성이 있겠군요."

지금껏 수많은 이들이 다양한 논리로 불가능하다고 이야기해 왔던 걸 무수히 성공시켜 온 차준후다. 그런 그에게 어떤 논리적인 근거도 요구할 필요는 없었다.

이런 천재를 믿지 않으면 누구를 믿을까?

장원철은 차준후의 생각을 믿었다.

두 사람은 서로가 서로를 믿고 있는 것이었다.

"그러면 이번에 가져다주신 모종들을 이용해서 바로 삼원 교배를 진행해 보겠습니다."

새로운 장난감을 발견하기라도 한 것처럼 장원철이 웃었다.

과학자의 호기심을 충족시켜 주는 새로운 육종법을 듣고서 바로 실험해 보고 싶었다.

"제가 다음 약속이 있어서 이만 가 보겠습니다."

"조심히 가십시오."

차준후가 떠나가자마자 장원철은 동료들을 모아서 자신이 들었던 삼원 교배에 대해서 이야기했다.

"삼원 교배라니…… 정말 획기적인 생각입니다."

"성공만 한다면, 정말 세상에 없던 품종을 만들어 낼 수 있겠군요."

"해 보자고!"

장원철과 연구진들이 수입 종자를 가지고 한국에 맞는 신품종을 개발하겠다는 열의를 다졌다.

새로운 시대를 열 삼원 교배 연구가 허문호의 연구진뿐만 아니라, SF 생명공학연구소에서도 시작되는 순간이었다.

* * *

"여기가 울산실업고등학교입니다."

울산공업단지 인근에 SF 복지재단이 짓고 있는 고등학

교가 있었다. 근처에 국민학교와 중학교들도 함께 짓고 있었다.

"배움에 대한 갈망이 여기에서 채워질 수 있도록 문제없이 잘 만들어 주세요. 인재 양성을 위한 곳이니 각별히 신경을 써 주세요."

차준후가 현장소장에게 부탁했다.

오늘은 울산공업단지와 그 인근에 지어지고 있는 학교들을 둘러보기 위해 울산까지 내려온 그였다.

SF 복지재단은 전국 각지에 학교 설립을 추진하고 있었지만, 그중에서도 지금 차준후가 찾은 울산실업고등학교는 기술을 전문적으로 배우려는 아이들을 위한 학교가 될 예정이었다.

울산공업단지에 입주하는 기업들과 산학협동을 맺어서, 학생들에게 더 전문성 있는 교육을 제공할 뿐만 아니라 취업까지 연결될 수 있도록 계획 중이었다.

제9장.

경부고속도로

경부고속도로

 차준후의 장밋빛 청사진대로 흘러간다면 조선과 화학, 자동차 등 세계를 선도할 수 있는 다양한 분야에 많은 인재들이 만들어질 수 있을 터였다.
 대한민국의 미래를 이끌 인재들이 탄생할 수 있도록 차준후는 지원을 아끼지 않았다.
 교육은 백년지대계(百年之大計)라고 하지 않던가.
 SF 복지재단에서 학교를 세운다고 해서 당장 대한민국이 한순간에 바뀌지 않겠지만, 미래는 분명하게 달라질 것이었다.
 "저를 포함해서 모든 인부가 대표님의 고귀한 마음을 잘 알고 있습니다. 하루라도 빨리 튼튼한 학교를 짓겠습니다."

현장소장은 차준후를 존경 어린 눈빛으로 바라보았다.

그 누가 이렇게 인재 양성을 위해 막대한 투자를 하겠는가.

SF 복지재단에서 세우는 학교들은 가정 형편이 어려운 아이들에게 무상으로 교육을 베풀 것이라 했다. 뿐만 아니라 상당한 장학금까지 지급할 예정임을 알렸다.

당연히 수익성이 있는 사업일 리가 없었고, 이건 오로지 국민들을 위한 복지 사업이었다.

현장소장은 대한민국 국민으로서 이런 뜻깊은 일을 하는 차준후에게 진심으로 존경심을 가질 수밖에 없었다.

"무리하시지는 말고요. 어디까지나 안전이 먼저입니다."

차준후가 말했다.

차준후를 바라보는 현장소장의 존경이 더욱 깊어졌.

아이고!

어쩜 이렇게 말 한마디, 한마디가 고울 수가 있을까.

"대표님의 걱정 덕분에 지금까지 사고가 한 번도 나지 않았습니다. 앞으로도 사고가 나지 않도록 각별한 관심을 기울이겠습니다."

"제가 한 것이 있나요? 현장소장님이 꼼꼼하신 덕분이지요."

"아이고! 그런 소리 하지 마십시오. 대표님께서 많은

걸 신경 써 주고 계신 덕분에 편안하게 일하고 있습니다. 다른 현장에서 일하고 있는 인부들이 저희에게 한없는 부러움과 동경을 보내고 있다고요."

현장소장은 이 모든 게 차준후 덕분이라는 걸 강조했다.

그리고 실제로도 차준후는 믿기지 않을 만큼 신경을 써 주고 있었다. 많은 인부와 최신식 중장비, 풍족한 식사, 적당한 업무 시간, 그리고 임금까지.

모든 것이 업계 최고 수준이었다.

"부족한 부분이 있으면 언제라도 건의를 하십시오."

현장소장의 말에도 차준후는 그렇게 생각하지 않았다. 그의 눈에는 여전히 충분해 보이지가 않았다. 개선하면 좋을 것 같은 부분들이 그의 시야에는 여실히 드러났다.

"그런 건 없다니까요."

현장소장은 만족해하고 있었다.

불만은 정말 눈곱만치도 없었다. 이런 현장에서 불만을 토로한다면 대한민국 어디에서도 일을 할 수가 없었다.

"혹시나 해서 하는 말입니다."

"저희들을 걱정해 주시는 마음을 잘 알겠습니다."

"알겠습니다."

차준후는 알아서 자신이 개선하면 좋겠다고 판단되는 부분들을 조치하기로 마음먹었다. 아무리 봐도 부족한 부분을 말하지 않을 것이라는 걸 직감했다.

* * *

울산공업단지 건설에 대한 국제 세미나가 울산에서 열렸다. 울산공업단지를 어떻게 하면 더 효율적으로 만들 수 있을지 논의하기 위한 자리였다.

국제 세미나에 초청된 외국인 학자를 비롯한 관계자들만 삼십여 명이었고, 그중에는 외국에 거주하고 있는 한국인 학자들도 7명 포함되어 있었다.

외국에서 온 학자들은 세미나가 끝나자마자 곧바로 다시 되돌아갔다. 바쁜 사람들이었다.

그러나 그들 가운데 한 명인 황주용은 돌아가지 않았다. 만나야 할 사람이 있었기 때문이었다.

"어서 오세요."

"여기에서 차준후 대표님과 만나기로 했습니다."

"그렇지 않아도 차준후 대표님께서 별채에서 기다리고 계십니다."

황주용이 울산의 한 식당의 별채를 방문했다.

'먹는 걸 좋아한다고 하더니, 식당 별채에서 만나는구나.'

식당 직원을 따라 별채로 향하는 황주용이 웃었다.

대한민국에서 가장 잘나가고 있는 사업가!

미국에서도 명성이 높은 차준후와의 만남이 기대됐다.

별채 주변에는 검은 양복을 입은 경호인들이 철저한 경호를 하고 있었다.

"황주용 님이십니까?"

"제가 황주용입니다."

"대표님, 황주용 님이 오셨습니다."

"안으로 모시세요."

"네."

황주용이 별채로 들어섰다.

"만나서 반갑습니다. 차준후입니다."

차준후가 황주용에게 손을 내밀었다.

천애복덕방 변성우를 통해서 소개를 받은 황주용이었다. 그의 조언대로 헤드헌터 업체를 세운 변성우는 국내외의 인재들을 차준후에게 소개시켜 주고 있었다.

황주용은 차준후가 콕 집어서 소개시켜 달라고 말한 인물이었다.

'이 사람이 창업주 자서전에 등장한 사람이구나.'

오대양 창업주의 자서전에는 대한민국의 여러 인물들이 등장하였고, 그 가운데 한 명이 바로 황주용이었다.

황주용은 내무부 건설국에 재직하던 고위 공무원으로, 대한민국의 건설업에 깊숙하게 개입하였다. 그리고 그런 황주용이 지금 차준후에게 필요했다.

"황주용입니다."

차준후와 황주용은 악수를 나눴다.

"앉으시죠."

"네."

"식사는 하셨나요?"

"대표님을 만난다는 생각에 점심은 생각지도 못했습니다."

"보리굴비 좋아하시나요?"

"없어서 못 먹지요."

"다행이네요. 여기가 보리굴비 맛집이거든요."

울산에서 보리굴비를 가장 잘하는 식당이라고 알려진 곳이었다. 주문을 하자 식당 주인이 직접 움직여서 보리굴비를 가져다가 상 위에 올려놓았다.

"특별히 신경을 쓴 보리굴비예요. 맛있게 드세요."

"감사합니다. 큼지막한 게 먹음직스럽네요."

식당 주인은 차준후를 귀빈으로 대우하고 있었다. 대한민국을 떠들썩하게 만들고 있는 차준후가 자신의 식당을 찾아준 것이 영광이었다.

"식당 간판 위에 대표님이 방문하셨다는 플래카드를 걸어도 될까요?"

식당 주인은 서울의 식당들이 차준후가 방문했다는 플

래카드를 걸자 많은 손님들이 몰려들기 시작했다는 기사를 본 적이 있었다.

"물론이죠. 제가 갈 때 사인도 해 드리고 가겠습니다."

차준후가 흔쾌히 허락했다.

별채의 분위기가 좋고, 음식 솜씨 좋고, 주인아주머니의 접대도 훌륭하고.

계속 오고 싶은 식당이었다.

차준후는 만족한 식당에는 항상 사인을 해 주고 있었다. 이것이 그의 소소한 취미라면 취미였다.

"감사합니다."

"이런 맛있는 보리굴비를 먹을 수 있게 해 주셔서 제가 감사하죠."

이처럼 음식 솜씨 좋은 식당은 계속해서 번창해야만 했다. 그래야 나중에 다시 찾아왔을 때 사라지지 않고 계속 남아 있지 않겠는가.

'소탈한 모습이 보기 좋네.'

황주용이 차준후를 유심히 바라보고 있었다.

세계적으로 잘나가는 사업가라고 해서 살짝 긴장을 하고 있었다. 그렇지만 소탈한 면모를 보고서 그런 긴장이 녹아들었다.

"먹으면서 이야기 나누죠."

"아, 맛있네요!"

경부고속도로 〈241〉

"음! 맛집이라고 듣기는 했는데, 정말 기대 이상이네요."
차준후도 보리굴비를 먹으면서 감탄했다.
"만나자고 하신 이유가 무엇입니까?"
식사를 하면서 황주용은 궁금한 걸 물어보았다.
"한 가지 부탁드리고 싶은 일이 있어서 만남을 요청드렸습니다. 양한대학교 토목과를 졸업하고, 내무부 토목과와 건설부 도시계획과에서 일하셨던 학자님의 도움이 꼭 필요한 일입니다."
"저에 대해서 잘 알고 계시군요."
황주용은 충남 보령 출신으로, 내무부 건설국에서 근무하다가 정부의 지원으로 미국으로 건너가 인디애나에 위치한 주립대학원에서 유학 생활을 한 엘리트였다.
유학을 끝마친 그는 귀국하여 내무부 건설국의 계장으로 지내다가, 다시 미국으로 건너가서 현재 박사 과정을 밟으며 도시계획을 계속 공부를 하고 있었다.
"꼭 전문가의 도움이 필요해서 알아봤습니다. 기분 나쁘셨다면 사과드리겠습니다."
"아닙니다. 그래서 어떤 부탁이시죠?"
"서울에서 울산까지 자동차를 타고 내려오는데 무척 곤혹스러웠습니다. 미국이라면 이렇게 힘들지는 않았겠지요."
"미국은 도로가 잘 발달되어 있으니까요. 고속도로도

마찬가지고요."

"맞습니다. 저는 그런 고속도로를 대한민국에서도 보고 싶습니다. 그런데 고속도로를 만들고는 싶은데, 어떻게 만들어야 할지 모르겠더군요. 그래서 학자님의 고견을 듣고 싶습니다."

차준후가 만남을 요청한 이유를 밝혔다.

"헉! 고속도로라고요?"

"맞습니다. 울산공업단지를 제대로 운용하기 위해서는 고속도로가 필요합니다."

울산공업단지의 착공 과정에서 부산항을 통해 들여오는 각종 중장비들과 자재들을 울산공업단지 건설 현장까지 옮기는 데 무척이나 어려움이 많았다. 열악한 도로 사정이 발목을 잡고 있는 것이었다.

이러한 문제는 이곳에서만 벌어지는 게 아니었다.

대한민국은 전국적으로 도로 상태가 그다지 좋지 않았고, 도시에서 다른 도시로 운반을 해야 하는 상황에서는 무척 어려움이 많았다.

일례로 부산 상인이 서울 용산에 있는 스카이 포레스트 본사에 들렸다가 다시 돌아가는 데만 꼬박 하루를 허비해야만 했다.

21세기를 살아왔던 차준후에겐 몹시도 불편한 일이었다. 특히 이번에 여러 협력사들과 스카이 포레스트의 생산 공장을 둘러보기 위해 각지를 돌아다니면서 그 불편함을 다시 한번 체감했다.

그리고 그 불편함을 몸소 느끼며, 고속도로의 필요성을 깊이 체감했다.

"어떤 말씀이신지는 알겠습니다만…… 지금 당장은 도로의 수요가 너무 적어서 사업성이 너무 떨어지고, 대한민국에는 고속도로 건설 경험이 있는 건설사가 없어서 어려운 일 아니겠습니까?"

틀린 말이 아니었다.

원 역사에서도 대한민국에 고속도로 건설 사업이 계획된 건 자동차 보급이 기하급수적으로 늘어나며, 철도보다 여객, 물류 면에서 수요를 넘어선 이후였다.

또한 대현에서 태국의 고속도로를 수주하며 착공에 들어선 상황이었기에, 고속도로 건설 경험이 있는 건설사가 있었다는 점에서도 차이가 있었다.

하지만 얼마 지나지 않아 고속도로가 없어선 안 될 만큼 지대한 역할을 하게 된다는 걸 아는 차준후이기에 그건 아무런 문제도 되지 않는다고 여겼다.

"선진국은 이미 자동차가 보급화되어 있습니다. 이건 세계의 흐름이죠. 대한민국도 머지않아 자동차가 보급화되기 시작할 겁니다. 그때가 되어서도 처음이라는 이유로 피할 수는 없는 일 아니겠습니까? 필요한 일이라면 해외 건설사의 기술 협력을 받아서라도 진행할 수도 있는 일이고요."

"허어!"

황주용가 감탄성을 토해 냈다.

차준후에 대한 이야기는 유명했기에 익히 알고 있었지만, 직접 대화를 나누어 보니 굉장히 미래까지 내다보는 인물이었다.

"생각해 두신 노선은 있으십니까?"

"서울과 부산을 잇는 고속도로를 계획하고 있습니다. 경부고속도로죠. 울산, 대구, 대전을 가로지르는 우회 선형으로 말이죠."

"경부고속도로라…… 엄청난 규모의 고속도로가 되겠군요. 대표님의 구상대로 고속도로가 만들어진다면 정말 대한민국에 천지개벽이 일어날 겁니다."

"제대로 된 고속도로를 만들고 싶습니다. 도와주실 수 있겠습니까?"

잠시 고민에 잠겼던 황주용이 조심스레 입을 열었다.

"계획은 좋습니다만, 건설비가 문제입니다. 그 정도 규모의 고속도로라면 최소 4백억 원 이상의 공사비가 들 겁니다."

이 당시 4백억 원이면 대한민국 국가 예산의 20%를 상회하는 액수였다.

"공사비가 얼마가 들더라도 제가 확실히 책임질 테니 그 부분은 염려하지 않으셔도 됩니다. 오히려 공사비가 인상되더라도 제대로 된 고속도로가 완성된다는 게 훨씬 중요합니다."

원 역사에서 경부고속도로는 부족한 기술력으로 급박하게 건설을 진행한 탓에 많은 사고가 발생했었다.

또한 도로 포장재의 품질이 좋지 않고, 도로도 고르지 않은 탓에 막대한 보수비를 지속적으로 치러야만 상황이 벌어졌다.

그 사실을 알고 있는 차준후는 이번에는 같은 문제가 일어나지 않기를 원했다.

"아니, 그 많은 비용을 부담하시겠다는 겁니까?"

"사업이 잘되고 있어서 제가 돈이 부족하지는 않습니다."

차준후의 망설임 없는 대답에 황주용은 눈을 휘둥그레 떴다.

"알겠습니다. 대표님께서 전폭적으로 지원해 주신다고 하면 그 경부고속도로 건설 계획에 저도 참여하도록 하겠습니다."

황주용은 상당히 상기된 표정이었다.

미국까지 유학을 가서 공부를 하고 있는 건 대한민국에서 제대로 된 건설을 해 보고 싶은 마음 때문이었다.

"학자님이 도와주신다고 생각하니 벌써부터 든든합니다."

"오히려 이런 기회를 주셔서 저야말로 감사드립니다. 대한민국 최초의 고속도로 사업에 참여할 수 있게 되어 영광입니다. 제가 그동안 배운 모든 걸 보여 드릴 수 있도록 최선을 다하겠습니다."

원래라면 인천과 서울을 잇는 경인고속도로가 대한민국 최초의 고속도로가 되어야 했지만, 차준후의 개입으로 인해 경부고속도로가 먼저 계획되는 순간이었다.

* * *

차준후는 황주용을 끌어들인 이후 본격적으로 경부고속도로 건설에 착수하였다.

원 역사에서는 박정하와 정영주를 중심으로 진행되었던 사업이지만, 이번 역사에서는 차준후의 주도로 준비가 되기 시작했다.

정영주는 차준후의 전화를 받고 바로 달려왔다.

"차준후 대표가 먼저 나를 찾다니, 무슨 일이시오?"

그의 입가에 미소가 피어나 있었다. 차준후와 만날 때마다 즐거웠고, 또 얻는 것들이 있었기 때문이었다.

차준후는 쓸데없이 친목을 다지자고 만나자는 사람이

아니었다.

"중요한 이야기가 있어서 불렀습니다."

"기대가 되는구려."

정영주는 벌써부터 상당히 상기된 표정이었다.

"서울과 부산까지 잇는 고속도로를 건설하고 싶습니다."

"고속도로를 말이오? 아니, 스카이 포레스트에서 직접 고속도를 건설하겠다는 거요?"

"네, 맞습니다. 모든 비용을 스카이 포레스트에서 책임질 생각입니다."

정영주는 깜짝 놀랐다.

대단한 이야기를 꺼내지 않을까 예상은 했지만, 설마 이 정도로 엄청난 이야기일 줄은 생각지도 못했다.

물론 그도 대한민국에 고속도로가 깔리면 좋겠다는 생각은 안 해 본 건 아니었다. 유럽의 잘 만들어진 고속도로를 보면서 얼마나 부럽다는 생각을 했는지 모른다.

하지만 대현에서 감당할 수 있는 규모의 사업이 아니라며 못내 아쉬운 마음을 지웠던 그였다.

그런데 차준후는 달랐다.

그는 진행할 가치가 있다고 판단된다면 망설이지 않은 채 앞뒤 가리지 않고 사업을 진행했다. 그리고 뒤따르는 문제들도 깔끔하게 해결했다.

평소 불도저라 불리던 정영주지만, 차준후의 앞에서는 한없이 작아질 수밖에 없었다.

'정말 거인이다.'

차준후는 자신을 포함한 다른 기업인들과 마음가짐부터가 달랐다.

"정말 대단하시오. 존경심에 절로 고개가 숙여지는구려."

정영주가 고개를 숙여 존경을 표했다.

대한민국에 고속도로가 깔린다면 분명 좋은 일이겠지만, 이것이 사업성이 있는지는 별개의 문제였다.

이건 순전히 나라와 국민들을 위해 벌이는 사업이라고 봐야 했다.

나이를 떠나 이런 결단을 내릴 수 있는 애국자에게 존경심을 표하지 않을 수 없었다.

"고속도로 사업에는 많은 인부가 필요하게 될 테니 실업자 감소 효과를 누릴 수 있게 될 테고, 또한 경부고속도로가 완성된다면 전국이 일일생활권화가 될 겁니다."

"일일생활권이라? 정말 듣기 좋은 말이오. 벌써부터 가슴이 두근거리오."

"그래서 말인데, 이 고속도로 사업의 중추를 대현건설개발이 맡아 줬으면 합니다."

"음…… 마음 같아서는 바로 받아들이고 싶은데, 대현건설개발은 고속도로를 건설해 본 경험이 없소이다."

정영주가 주저했다.

경부고속도로 공사는 수백억 원 단위의 공사비가 투입될 초대형 공사였다. 고속도로 건설 경험이 없는 대현건설개발이 수주를 받았다가 문제라도 터지면 감당 못할 후폭풍을 불어닥칠 수도 있었다.

무엇이든 처음은 있는 것이라고 생각할 수도 있겠지만, 경부고속도로 공사는 처음으로 도전하기엔 지나치게 규모가 컸다.

또한 국가적으로도 무척 중요한 사업이다 보니 완성도를 고려하더라도 충분한 노하우가 있는 건설사가 공사를 맡아야 하지 않을까 싶었다.

"그와 관련해서는 충분한 건설 노하우가 있는 해외 건설사들에게 기술 협력을 요청할 생각입니다."

해외 건설사들의 기술을 대현건설개발이 이전받는다면 부족한 노하우는 금세 채울 수 있었다.

물론 그 과정에서 더 많은 비용이 지출되겠지만, 그로써 더욱 완성도 높은 고속도로를 완성시킬 수 있다면 전혀 아깝지 않았다.

"그게 정말이오? 이런 좋은 제안을 줘서 정말 감사하외다."

무상으로 해외 건설사들의 기술까지 이전받을 수 있다는데 마다할 이유가 없었다.

이 정도면 그냥 떠먹여 주는 거나 마찬가지였다.
"대현건설개발이 적임자라고 생각했기에 제안하는 겁니다. 대현건설개발이 아니라면 다른 국내 기업에 맡길 곳도 딱히 없고요."
 사실 해외 건설사들의 기술을 이전시켜 부족한 기술을 채워 줄 생각이라면 반드시 그 대상이 대현건설개발일 필요는 없었다.
 그런데도 차준후가 대현을 택한 이유는 그래도 그동안 교류를 해 왔던 정영주가 가장 신뢰할 수 있는 인물이었기 때문이다.
 이번 경부고속도로 건설은 무척이나 중요한 사업이니만큼 신뢰할 수 있는 건설사에게 맡기는 게 무엇보다 중요하다고 여겼다.
"이렇게까지 대현건설개발을 생각해 줘서 고맙소."
 정영주는 차준후가 자신과 대현건설개발을 많이 챙긴다는 느낌을 강하게 받았다.
 평소 친밀하게 지낸 덕분이겠지.
 대한민국 역사상 최대 규모의 토목 공사를 성삼이 아닌 대현을 찾아 줘서 감동스러웠다.
 단지 차준후는 원 역사의 주인을 찾았을 뿐인데 말이다.

* * *

 박정하가 정영주에게서 경부고속도로 건설 이야기를 처음 들었다.
 "뭐라고요? 차준후가 경부고속도로를 건설하겠다고 나섰다는 말입니까?"
 "고속도로가 있어야 제대로 울산공업단지가 돌아간다고 말하는데, 절로 무릎을 탁 치고 말았습니다."
 "대단한 사업가라는 건 알고 있는데, 이건 정말 말도 안 나오는군요."
 "미국 고속도로에 큰 인상을 받고 구상했다고 하더군요. 그리고 본격적으로 고속도로 건설을 시작하면 대규모 인력을 동원해서 국내 실업자를 줄인다고도 했습니다. 그리고 이 고속도로 사업에서 중추를 담당할 건설사가 바로 대현건설개발이지요."
 정영주가 차준후에게 들었던 이야기들을 자랑하듯이 이야기했다.
 "하아! 건설사 하면 대현건설개발이 최고지요."
 박정하는 맞장구를 쳐 주면서 듣는 내내 벅차오르는 흥분과 감동이 마구 밀려왔다.
 단군 이래 최대 토목 공사였다.
 "건설비는 어느 정도 들어간다고 들었습니까?"

"아직 산정하고 있는 중이라고 합니다. 그런데 최소 400억 원의 건설비는 생각하고 있다고 들었습니다."

"헉! 400억!"

엄청난 액수에 박정하가 놀랐다.

400억 원의 건설비는 1961년 국가 예산의 20%를 넘는 엄청난 액수였다.

국가 예산으로 차준후가 이야기한 고속도로를 건설하려 했다면, 국가 재정에 엄청난 구멍이 나게 될 것이었다.

그런데 이걸 스카이 포레스트에서 부담해 준다고 하니, 국가를 운영하는 입장에서는 그저 고마울 따름이었다.

"잠깐만요. 이런 이야기를 맨정신으로 듣기에는 무리군요. 이봐! 여기 막걸리를 가지고 와."

"알겠습니다."

탁자 위에 막걸리와 안주들이 놓여졌다. 기분이 좋을 때면 두 사람은 술을 자주 함께 마셨다.

둘 다 술이라면 아주 좋아하는 사람들이었다.

"한 잔 받으시죠."

"감사합니다."

정영주는 박정하가 따라 주는 막걸리를 두 손으로 대접에 받았다.

"이제 편안하게 받으셔도 된다니까요. 술친구 하기로 했잖습니까?"

"하다 보니 이렇게 되더군요. 이제부터라도 한 손으로 받겠습니다."

정영주에게 있어 총으로 정권을 잡은 박정하는 편안한 존재가 아니었다. 무소불위의 권력을 행사하면서 경제인들을 압박하지 않던가. 통하는 면이 있으면서도 조금은 불편한 관계였다.

편하게 대하라고 해도 어떻게 진심으로 편하게 대할 수 있겠는가.

그렇지만 또 아예 싫지만은 않았다.

국가 발전을 위한 열정적인 집념과 소신 등이 있다는 걸 알았기 때문이었다.

불도저처럼 사업을 하는 정영주와 나라를 성장시키기 위해 거침없이 움직이는 박정하는 비슷한 면이 많았다.

"앞으로 고속도로 공사에 대해 할 이야기가 있으면 직접 전화를 주시지요. 만사를 제쳐 두고 이번 일에 매달리겠습니다."

박정하는 고속도로 사업을 직접 챙기기로 결정했다.

"그렇게 하겠습니다."

"이런 일에 정부가 빠질 수는 없는 일 아니겠습니까? 건설부와 재무부, 서울시 등에 건설 비용을 산정해 보라고 하겠습니다."

"차준후 대표가 알아서 하지 않겠습니까?"

"손가락만 빨고 있을 수는 없는 노릇이지요. 이번 기회에 각 주무 부처들도 배우는 것이 있어야 합니다. 긴밀히 협조를 하면서 고속도로 사업을 진행시킵시다."

건설부는 해당 부처이니 당연히 참석해야 하고, 재무부에서도 킬로미터당 얼마나 건설비가 들어가는지 공부할 필요성이 있었다. 서울시는 도로포장을 많이 해 봤기에 견적을 내는 데에 유리한 측면도 있었다.

정부가 옆에서 보조를 해 주면서 함께 나아가야지, 스카이 포레스트에만 모든 걸 맡기는 건 안 될 일이었다.

"좋은 생각이십니다. 이런 대규모 토목 사업은 정부와 함께해야지요."

벌써 차량을 타고 돌아다니며 서울에서 부산까지 고속도로가 놓일 만한 곳을 몇 번이나 오간 정영주였다.

경부고속도로를 만들기 위해서는 토지 매입을 해야만 했고, 그 과정에서 농토를 지나쳐야 하는 곳들도 많았다. 여러모로 정부의 협조가 필수적이었다.

"여기에 차준후 대표도 있었으면 딱 좋았겠습니다만……."

박정하가 말끝을 흐렸다.

몇 번이나 정중하게 초대를 했지만 한사코 마다하고 있는 차준후였다.

차준후가 자신을 마뜩잖게 생각하고 있다는 걸 왜 모르겠는가. 그렇지만 툴툴거리면서도 가장 협조적으로 도와

주고 있는 사람이 바로 차준후이기도 했다.

"저도 함께 가서 의장님과 이야기를 하는 편이 어떻겠냐고 이야기했었습니다."

"그래서요?"

"제가 이야기하면 된다고 하면서 마다하더군요. 저를 이번 사업의 얼굴마담으로 내세우고 있는 거지요. 여기 와서 함께 술을 마시면서 허심탄회하게 이야기하면 얼마나 좋은 일입니까?"

정영주는 차준후와 어떻게든 술자리를 함께하고 싶었다. 남자라면 서로 술을 마시면서 흉금 없는 대화를 나눠야 하지 않겠는가.

두주불사하는 정영주였다.

"그러니까 말입니다."

박정하가 공감했다.

"제가 언제 한번 기필코 의장님과 함께 술자리를 만들어 보겠습니다."

"기대하고 있겠습니다."

"이번 고속도로 사업을 제대로 해서 우리 후손들에게는 가난을 물려주지 맙시다."

"아주 좋으신 말씀입니다."

공통점이 많은 만큼 서로 인정하고 신뢰하면서 나라 발전에 대한 공감대를 쌓아 나갔다.

두 명의 주당이 차준후와 술자리를 기약하고 있었다. 나라 경제 얘기와 함께 차준후에 대해서 이야기를 나눴다.

* * *

「스카이 포레스트! 최대 토목공사를 일으키다.」
「경부고속도로! 우리나라에도 고속도로가 생긴다.」
「국가 예산의 20%에 달하는 천문학적인 거액을 투자하겠다고 차준후 대표가 밝혔다!」
「부산에서 서울까지 하루 만에 왕복할 수 있는 일일생활권 시대가 다가온다.」

　신문에서 일제히 경부고속도로에 대한 기사를 마구 쏟아 냈다.
　버스 정류장에 모인 사람들이 잔뜩 모여 있었다.
　매표소 옆에는 신문 가판대가 있었고, 그곳에 잔뜩 쌓여 있던 모든 신문이 불티나게 팔려 나갔다.
　"이야! 서울과 부산을 잇는 고속도로를 만들겠다고?"
　"정말 대단하다."
　"이런 대규모 토목 사업은 국가가 해야 하는 거 아닌가?"
　"돈이 어디 있다고 이런 사업을 하겠냐? 400억이 넘게 들어가는 대규모 토목 사업이라고. 국가 예산의 20% 이상 들어간다고 신문에 적혀 있잖아."
"저번에 내가 말했지. 까막눈이라고."
"미안하다."
"만약 정부가 한다고 했으면 무조건 반대를 했을 거야. 그렇지만 스카이 포레스트가 한다고 하니 무조건 지지해야겠다."
"스카이 포레스트에서 고속도로 건설비를 전부 부담한다고? 아무리 그래도 이건 좀 과한 거 아닌가?"
"미국에서 사업이 엄청나게 성공했잖아. 우리가 상상할 수 없을 만큼 벌었을걸? 스카이 포레스트를 상대로 돈 걱정을 하는 건 어리석은 일이야."
 사람들이 이번 경부고속도로에 대해서 많은 이야기들을 나눴다.
"이런 대규모 토목 사업이라면 작업 인부들을 많이 모집하겠네."
"엄청나게 고용하겠지. 실업자들이 많이 줄어들겠다."
"차준후 대표는 매번 사람들을 경악시키는구나."
"대한민국에 세계적으로 잘나가는 기업이 있다는 건 엄청나게 좋은 일이야."
"차준후 대표가 정말 대단한 거지. 아무리 돈이 많다고 해도 누가 고속도로를 만들 생각을 하겠어?"
 경부고속도로 건설 소식을 들은 이들은 대부분 긍정적

인 반응을 보였다.

원 역사에서는 반대 여론이 지독하게 들끓었던 걸 생각하면 굉장히 좋은 분위기라고 할 수 있었다.

1961년에는 한국보다 경제 사정이 훨씬 좋은 일본조차도 고속도로가 없을 때였다. 아시아 경제대국이라 불리는 일본도 1963년에 이르러서야 최초의 고속도로를 개통한다.

그런 상황에서 여러모로 경제 사정이 안 좋았던 대한민국에서 대규모 고속도로를 건설하겠다고 하니, 야당과 언론, 학계, 심지어 박정하를 지지하는 여당에서도 우려를 나타냈었다.

그랬던 원 역사와 지금을 비교하자면 분위기 차이는 극명했다.

그도 그럴 것이 결국 반대의 이유는 막대한 건설비였는데, 경부고속도로 건설에 드는 모든 비용을 스카이 포레스트가 부담한다고 하니 많은 이들이 찬성을 하는 것이었다.

물론 반대가 아예 없는 건 아니었다.

"쯧쯧쯧! 이건 돈지랄이야. 서울과 부산을 이어 주는 철도가 있는데, 왜 고속도로를 만드는 건데? 이럴 돈이 있으면 민생에 도움이 되는 사업을 해야지."

"그러니까 말이야. 자동차도 몇 대 없는 나라에 무슨

놈의 고속도로야? 이건 돈 낭비라고!"

"뱁새가 황새 따라가려다 가랑이가 찢어진다."

도로 건설이 필요하다면 비포장도로가 대다수인 전국의 국도를 정비하는 편이 낫다는 주장도 있었다.

"이건 수도권과 영남권에 대한 특혜야."

경부고속도로가 지나가지 않는 지방에서는 불만이 튀어나왔다. 경부고속도로가 지나칠 것으로 예상되는 대전, 대구, 울산, 부산 등의 도시들은 환호했지만 그렇지 않은 곳들은 불만이 많았다.

특히 경부고속도로가 완성되고 나면 수도권과 경부고속도로의 혜택을 받는 곳들로 인구와 자금, 공장 신설 등이 집중될까 우려했다.

소외된 지방에서는 경부고속도로의 혜택을 받지 못하는 곳의 경제가 퇴보할 거라는 우려를 강하게 제기했다.

"고속도로를 건설하기 위해 농지를 많이 훼손해야 한다던데?"

"쌀이 부족해서 난리인데 무슨 놈의 고속도로야. 농지를 보존해야지."

"이번에는 스카이 포레스트가 잘못하는 거야."

"잘한다고 칭찬만 했더니, 쓸데없는 짓을 하고 있네."

"이건 일부 지역만 혜택을 보는 일이잖아."

경부고속도로 건설을 두고 전국이 아주 시끄러웠다.

스카이 포레스트가 자체적으로 주관하는 대규모 토목 사업이기 때문에 사람들의 찬성과 반대의 의미가 크지 않았다.

그러나 이왕이면 찬성하는 국민들의 지지가 있으면 좋은 일이었다.

* * *

콰앙!

경부고속도로의 한 축을 이루는 부산과 울산으로 이어지는 한 고개에서 첫 발파음이 터졌다.

대망의 고속도로 건설이 마침내 시작된 것이다.

"우리나라의 발전과 후손의 번영을 위해 반드시 필요한 사업을 정부는 스카이 포레스트와 함께하겠습니다. 우리는 최대한 빠른 시일에 고속도를 완공할 것이고, 산업화의 주춧돌을 놓겠습니다."

가을이 지나고 겨울로 동장군이 찾아온 날, 박정하가 기공식에서 구름처럼 많이 모인 군중 앞에서 선언했다.

수많은 내외신 기자들이 박정하를 사진기로 찍느라 여념이 없었다. 그만큼 이번 경부고속도로 사업은 대한민국 안팎으로 많은 관심을 받고 있었다.

"와아아! 박정하! 박정하!"

"스카이 포레스트! 스카이 포레스트!"

사람들이 박정하의 이야기에 열광했다.

"지금은 부산에서 서울까지 무려 16시간이나 소요되지만, 경부고속도로가 완공된다면 부산에서 서울까지 5시간이면 이동할 수 있게 됩니다. 하루 만에 부산과 서울을 왕복할 수 있게 되는 시대가 오는 겁니다."

박정하는 말하면서도 감개가 무량했다.

공업화의 첫발을 떼기는 했지만 아직 부족한 점이 많았다. 그중에서도 낙후된 도로 탓에 원활한 물류 수송이 이뤄지지 않는 점이 가장 크게 부각됐다.

그런데 이번에 스카이 포레스트, 정확하게 말해 차준후의 결단 덕분에 국토의 대동맥인 고속도로가 만들어질 수 있었다.

번번이 차준후에게 너무 큰 도움을 받고 있었다.

울산공업단지도 차준후의 도움을 받지 못했다면 첫 삽도 뜨지 못한 채 계획이 무산됐을 것이었다.

그동안 차준후의 공적을 군사정부의 치적으로 부풀리기도 했던 박정하였지만, 아무리 그래도 이번만큼은 차준후의 공로를 세상에 알리지 않을 수 없었다.

"이번 경부고속도로의 착공에 있어 가장 중요한 역할을 한 사람이 있습니다. 여러분! 누구인지 아시죠?"

"차준후! 차준후!"

"차준후 대표입니다."

사람들이 차준후의 이름을 불렀다.

그리고 결국 차준후라는 이름이 군중들의 입에서 하나로 통일됐다. 구름처럼 모인 사람들이 일제히 부르짖자 참으로 엄청났다.

박정하가 흐뭇한 웃음을 지었다.

이 자리의 진정한 주인공은 그가 아닌 바로 차준후였다.

'응?'

연단 뒤에서 박정하의 연설을 듣고 있던 차준후는 갑자기 사람들이 자신의 이름을 연호하기 시작하자 깜짝 놀랐다.

스카이 포레스트의 주도로 진행되는 사업이니만큼 경부고속도로 기공식에 참석하긴 했지만, 그저 조용히 자리만 지키고 있다가 갈 생각이었다.

그런데 예상치 못하게 자신에게 주목이 쏠리기 시작하니 당황스러웠다.

"이야! 사람들이 차준후 대표를 찾는구려. 주인공이 빠질 수 없는 자리이긴 하지요."

정영주가 옆에서 이야기했다.

"맞습니다. 이 자리의 주인공은 누가 뭐라고 해도 차준후 대표이지요."

왼쪽에 있던 이철병도 한마디 거들었다.

경부고속도로 사업은 규모가 규모이니만큼 굉장히 많은 인력이 필요했다. 그런데 빠르면서도 안전하게 공사를 진행하기 위해서는 더더욱 대현만 나서서는 불가능했다.

그에 차준후는 정영주와 이야기를 끝마친 후 대현이 맡게 될 구간을 제외한 나머지 구간 사업을 다른 건설사들과 논의했고, 그중에는 당연히 성삼도 포함되어 있었다.

'대현이 40%나 단독으로 수주한다는 게 불만이긴 하지만 어쩔 수 없지. 이번에 성삼의 능력을 증명해서 앞으로 더 많은 수주를 받을 수 있도록 노력하는 수밖에.'

이철병은 다른 무엇보다도 성삼이 대현에 밀렸다는 점에서 아쉬움이 많았다.

평소 차준후와 친밀하게 지내며 그의 호감을 사려고 노력했지만, 아무래도 정영주와의 관계가 더 깊은 듯했다.

사실 대현이나 성삼이나 고속도로 공사에 있어서는 둘다 경험과 노하우가 부족한 건 마찬가지인데, 대현에만 40%나 되는 구간을 밀어준 것만 봐도 알 수 있었다.

"자, 이 자리에 차준후 대표를 모셔 보겠습니다!"

박정하가 차준후를 돌아보면서 말했다.

이건 합의되지 않은 돌발 행동이었다.

"차준후! 차준후!"

"차준후! 차준후!"

조용히 있다가 갈 생각이었던 차준후로서는 살짝 당황

스러운 일이었지만 모든 사람들이 차준후만 바라보고 있었다.
'음! 여기에서 뺄 수도 없겠네.'
차준후가 자리에서 일어나서 연단으로 나섰다.
"한마디 하세요."
박정하가 연단에서 물러나면서 말했다.
"알겠습니다."
차준후는 연단에 올라서서 천천히 아래를 훑었다.
수많은 군중이 그만을 올려다보고 있었다.
그 순간 괜히 울컥했다. 많은 이들이 기대 어린 눈빛으로 자신을 바라보고 있는 모습을 보고 있자니, 괜스레 마음이 울렁거렸다.
이들의 눈빛에는 대한민국의 발전을 간절히 바라는 마음이 담겨 있었다.
"앞에서 길게 말했으니, 제가 또다시 같은 말을 반복하면 여러분들이 싫어하실 겁니다."
차준후가 가볍게 입을 열었다.
"하하하! 괜찮아요. 길게 이야기해도 좋아요."
"차준후 대표의 말이라면 하루 종일도 들을 수 있다고요."
군중들이 차준후의 이야기에 환호했다.
이번 경부고속도로 건설 사업이 스카이 포레스트에게

커다란 이익이 돌아가는 사업이 아니라는 평가가 지배적이었다.

근래 스카이 포레스트에서 잇따라 진행하고 있는 복지 사업의 일환이 아닐까 하는 평가를 받았다.

그리고 이러한 사실은 언론을 통해 널리 알려지며, 대한민국 국민들은 스카이 포레스트가 돈을 벌기 위해 고속도로를 건설하는 게 아님을 알게 되었다.

원래도 대한민국에서 큰 인기를 끌고 있는 차준후였으나, 이제는 마치 신봉이라도 하는 듯한 인기였다.

"경부고속도로는 시작에 불과합니다. 저는 이번 한 번으로 고속도로 사업을 끝낼 생각이 없습니다. 경부고속도로를 건설하고 난 뒤에 대전과 순천을 잇는 호남고속도로를 만들고, 남해고속도로와 영동고속도로 등을 지속적으로 착공할 생각입니다. 전국을 고속도로로 연결하여, 국토의 대동맥을 완성시킬 겁니다."

차준후가 충격적인 선언을 해 버렸다.

고속도로에서 소외된 호남 지방 등의 불만은 차준후도 들어서 알고 있었다.

고속도로 인접 도시의 발전은 이 당시에 명확하게 나타난다. 국토의 균형적인 발전 토대를 마련하기 위해서는 촘촘한 고속도로의 완성이 필요했다.

"헉!"

"경부고속도로가 끝이 아니라고?"

"시작이라고 하잖아."

"이야! 이건 배포가 커도 너무 크다. 대한민국 전역을 고속도로로 연결시켜 버린다는 거야."

사람들이 웅성거렸다.

차준후가 방금 전 박정하처럼 경부고속도로 건설의 의의와 이번 사업을 펼치게 된 이유를 똑같이 되풀이해서 말할 거라고 생각했건만 그런 지루한 이야기는 일절 없었다.

차준후는 새로운 고속도로 사업까지 계속될 것임을 발표하며 대한민국을 다시 한번 들썩이게 만들었다.

"우와아아! 차준후! 차준후!"

"차준후 최고다!"

"사랑해요, 차준후!"

"내 딸과 결혼해라. 너라면 사랑스런 내 딸을 보내 줄 수 있다."

"장녀가 고등학생이잖아."

"고등학생이면 시집가고 아이들 낳고 다 할 수 있어."

간혹 이상한 이야기도 섞여 있었지만 사람들이 차준후의 선언에 열광했다.

원 역사에서는 대한민국에 고속도로 사업이 진행되기까지 정말 많은 우여곡절이 있었다.

그러나 차준후의 행보로 그러한 역사는 완전히 뒤바뀌게 되었다.

'지금까지 열심히 한 보람이 있네.'

차준후는 열광하는 사람들을 보며 흐뭇한 미소를 지었다.

회귀를 한 이후 지금까지 쉬지 않고 달려온 덕분에, 이제 대한민국에 최빈국이라는 지긋지긋한 꼬리표를 떼어 낼 수 있는 발판이 마련되었다.

지금까지 노력한 결과가 보답을 받는 느낌에 차준후는 뿌듯한 자부심을 느꼈다.

바로 옆에서 그의 이야기를 들은 박정하의 표정에는 놀라움과 감탄 등이 깃들어 있었다.

"허어! 경부고속도로 이후에도 또 다른 고속도로 사업을 이어 나갔으면 좋겠다고 생각만 하고 있었는데, 설마 이렇게 이 자리에서 선언할 줄을 몰랐습니다."

"어차피 시작하기로 마음먹은 거, 제대로 해 보고 싶어서 말입니다. 그리고 그렇게 마음먹었다면 빨리 말하는 편이 낫겠다고 생각했습니다. 그래야 불만을 가진 사람들의 마음을 풀어 줄 수 있으니까요."

"맞지요. 이렇게 사람의 마음을 헤아리는 능력까지 갖추고 있다니, 차준후 대표 같은 사람이 정치를 해야 하는데 말입니다."

"끔찍한 소리이군요. 저는 소소하게 사업을 하면서 지내면 족합니다."

차준후가 경기에 들린 것처럼 반발했다.

지금 이렇게 잠시 정치권과 얽혀 있는 것만 해도 피로해지는 그였다. 직접 정치를 할 생각은 추호도 없었다.

사업가로서 국가를 돕는 것만으로 충분하다고 여겼다.

"아쉬우면서도 한편으로는 다행이라는 생각도 듭니다. 차준후 대표가 정치를 한다면 그야말로 엄청난 경쟁자를 맞이하게 되는 일일 테니까요."

박정하는 말은 그렇게 했지만, 역시 차준후가 정치를 했으면 하는 마음이 더 컸다.

국가와 국민을 끔찍하게 생각할 뿐 아니라, 수많은 이들이 불가능하다고 여겨 왔던 일들을 번번이 성공시키는 능력까지 갖춘 차준후가 정치를 한다면?

대한민국이 극적인 발전을 이룰 수 있지 않을까 하는 생각이 들었다.

"이제 기공식도 마무리했는데, 식사나 하러 갑시다."

"식사요?"

"근처에 바지락칼국수를 아주 잘하는 곳으로 예약을 해 뒀습니다. 울산 최고의 맛집이라고 하니, 가면 후회하지 않을 겁니다."

박정하는 차준후와의 시간을 더욱 길게 가지기 위해서

울산에서 잘하는 음식점을 이미 예약해 뒀다.

어떻게 하면 차준후와 식사 자리를 함께할 수 있는지 박정하의 참모진들이 고민하였고, 바지락칼국수가 적격이라고 예상했다.

맛집!

차준후가 즐겨 사용해서 유행이 되어 버린 단어였다. 이제 박정하까지 맛집이라는 표현을 사용하고 있었다.

"좋습니다."

차준후는 바지락칼국수 이야기를 듣자 입맛이 돌았다.

그리고 이번 경부고속도로 사업을 비롯해서 해야 할 말이 있기도 했다. 그리고 그 가운데에는 박정하가 듣기 불편한 쓴소리도 있었다.

"의장님, 제 자리도 있겠지요?"

어느 틈에 다가온 정영주가 끼어들었다.

그리고 그 옆에는 이철병을 비롯한 다른 건설업체 사장들, 정치인 등도 포함이 되어 있었다. 쉽게 보기 어려운 박정하, 차준후와 함께 식사를 하면서 친밀함을 다지기 위함이었다.

"식당 전체를 통째로 빌렸으니 모두 갑시다. 아, 차준후 대표는 나랑 함께 타고 이동합시다."

"알겠습니다."

박정하가 직접 차문까지 열고서 제안한 탓에 차준후는

마지못해 그 제안을 승낙했다.

큼지막한 검은 관용차에 차준후와 함께 탑승해 이동하는 박정하의 얼굴에서는 미소가 떠나지 않았다.

그토록 원하던 차준후와의 독대 시간이었다. 하고 싶은 말이 참으로 많았다.

"그나저나 호텔 건설은 잘되고 있습니까?"

"조만간 건설사들의 설계도 초안을 받아 보고, 그중 가장 괜찮은 설계를 뽑은 건설사에게 시공을 맡기려고 합니다."

이후로도 박정하는 계속해서 호텔 건설 진척 사항을 비롯해 완공 후의 운영 계획까지 차례차례 질문했다.

"세계적인 호텔들과 제휴를 맺으면 좋다고 하던데, 관련해서 계획은 있습니까?"

"스카이 포레스트는 독자적으로도 충분한 브랜드 가치를 지니고 있습니다. 그래서 다른 호텔들과 제휴를 맺을 계획은 없습니다."

차준후는 딱히 해외 호텔들과 제휴를 해야 할 필요성을 느끼지 못했다.

"제휴를 맺지 않으면 어려운 점이 많지 않겠습니까? 많은 해외 호텔 업체들이 관심을 가지고 있는 걸로 알고 있습니다."

박정하는 호텔 사업에 대해서 각별한 관심을 드러냈

다. 그도 그럴 것이 군사정부와 스카이 포레스트가 힘을 합쳐서 하는 사업이지 않은가.

"연락을 많이 받은 건 사실입니다. 그러나 제휴를 맺는 것이 마냥 좋은 일만은 아닙니다."

스카이 포레스트가 호텔을 짓는다는 소식은 해외로도 빠르게 퍼졌고, 세계 유수의 호텔 체인들이 제휴를 하자고 손을 내밀었다.

"무슨 안 좋은 부분이 있는 겁니까?"

"호텔 체인 가입에는 조건이 있더군요. 그들은 새롭게 호텔업에 들어서는 업체들을 봉으로 여기는 경향이 심합니다."

차준후가 이유를 설명해줬다.

미국의 특급호텔 체인을 가지고 있는 기업이 제휴 조건이 담긴 서류를 보내왔다. 그 서류에는 스카이 포레스트의 입장에서 볼 때 독소 조항이 많았다.

이제 막 호텔업에 진입한 스카이 포레스트는 겨우 단 한 개의 호텔을 짓고 있을 뿐이었기에 특급호텔 체인 기업은 매출의 3%를 로열티로 원하고 있었다.

그러면서 영업이익의 20%를 별도로 지불하는 것이 관례라고 주장했다.

이 밖에도 특급호텔 체인이 원하는 불공평한 조건들이 많았다. 노하우를 알려주고, 제휴를 통해 고객들이 서로의 호텔을 이용할 수 있다는 점을 내세워서 많은 이득을 챙기려고 했다.

스카이 포레스트에서 알아보니, 미국 특급호텔 체인의 제휴 조건은 보편적이라는 게 사실이었다. 그러나 차준후에게는 이런 제휴는 무척이나 불편했다.

"음! 해외의 기업들이 대한민국을 아래로 내려다보는 경향이 있기는 하지요."

"스카이 포레스트는 항상 최고를 지향하고 있는데, 특급호텔 체인에게 머리를 숙이고 들어가고 싶지 않습니다. 그리고 독자적인 호텔 브랜드를 만들어도 충분히 승산이 있다고 보고 있고요."

차준후가 볼 때, 스카이 포레스트는 호텔 체인 가입이 필요 없었다. 그리고 독자 브랜드로 운영하기로 했기에 준비할 것들이 많았다.

"대단하십니다. 해외에서 갖은 핍박과 모욕을 견뎌 가며 번 돈을 이렇게 대한민국의 사업에 쏟아부어 주어서 감사합니다."

"보란 듯이 사업으로 성공해야지요. 사업 성공이 곧 해외 업체의 부당한 제휴와 차별을 막아 주는 방패가 될 겁니다. 성공해서 동등한 위치에 올라섰을 때 제휴를 해도 결코 늦지 않습니다."

차준후는 해외 호텔들의 이름을 빌리지 않더라도 충분

히 관광객들이 호텔을 찾게 만들 자신이 있었다.
"역시나 자신감이 넘치는군요. 호텔이 들어서는 날이 벌써부터 기다려집니다. 개관을 하면 가장 먼저 가서 하루 묵겠습니다."
"가장 좋은 객실은 의장님을 위해 남겨 두겠습니다."
"아, 그리고 저번에 제 경호실에서 호텔 건설에 참견했다는 이야기를 전해 들었습니다."
박정하가 먼저 불편한 이야기를 꺼냈다.
"갑자기 호텔의 높이를 낮추라고 하더군요. 기껏 마음먹고 투자를 해서 제대로 호텔을 지어 보려고 했는데, 그걸 막으니 의미가 없겠다 싶어서 그만두겠다고 공문을 보냈었습니다."
"뭐라고 하려고 말을 꺼낸 건 아닙니다. 그 일에 대해서는 저도 차준후 대표의 생각에 동감합니다. 이번 일을 계기로 알아보니 그동안 경호실장이 다른 기업들에게도 비슷한 짓을 해 왔더군요. 그래서 바로 쫓아냈습니다. 다신 그런 일이 없을 겁니다. 앞으로도 불편한 일이 생기면 편하게 연락 주시기 바랍니다."
박정하는 혹시라도 그 일로 여전히 차준후의 기분이 상해 있을까 봐 눈치를 살피며 말했다.
"배려해 주셔서 감사합니다."
차준후도 이미 그때 자신에게 연락했던 인물이 경호실

장이었으며, 스카이 포레스트에서 공문을 보낸 직후 곧바로 쫓겨났다는 소식을 접했었다.

그리고 그 경호실장이 10·26 사건으로 박정하와 함께 피살되었던 인물임을 알게 되었다.

졸지에 굵직한 역사와 관련된 차 씨 성의 경호실장을 쫓아낸 것이었다.

'앞으로 역사가 어떻게 흘러갈까?'

차준후가 이전에도, 그리고 지금도 가장 고민하고 있는 부분이었다.

자신의 개입으로 역사가 바뀌며, 이것이 어떤 부메랑이 되어 돌아올지 알 수 없기에 걱정이 많았다.

"배려라고 할 것도 없지요. 애당초 그런 일이 없어야 했던 거니까요. 이번에 조사를 해 보니 알게 모르게 부정부패가 만연해 있더군요. 부끄러운 일입니다."

박정하도 군사정부의 폐단에 대해서는 알고 있었다.

그러나 이번에 조사를 해 보니 생각했던 것보다 문제가 많았다. 부정부패를 저지르면서 사리사욕을 챙기는 이들이 한둘이 아니었다.

쿠데타로 세워진 군사정부는 빠른 속도로 부패하고 있었다.

"초법적인 권력은 부패할 수밖에 없습니다."

"무슨 말입니까?"

"요즘 중앙정보부에 대한 소문이 좋지 않다는 걸 의장님도 아시리라 생각합니다."

차준후가 그렇지 않아도 말하고 싶었던 중앙정보부를 지적하고 나섰다.

엄청난 예산과 인력이 집중된 중앙정보부는 군사정부의 전위 역할을 수행하는 초법적인 권력을 휘두르고 있었다.

그리고 지금도 박정하의 비호 아래 더더욱 그 규모를 키워 나가고 있었고, 이제는 소속 인원만 수만 명을 넘어섰다. 정확한 인원은 공개되지 않았는데, 일각에서는 10만 명을 넘어설 것으로 추측했다.

이 때문에 전국 어디를 가더라도 중앙정보부의 눈과 귀를 피할 수 없다는 이야기들이 흘러 다니며, 국민들은 더더욱 불안감에 떨었다.

"음!"

박정하가 침음을 흘렸다.

반공법이라는 명분 아래 중앙정보부가 국민의 모든 권리와 자유를 억압하고 탄압할 수 있도록 만들어 준 당사자가 바로 그였다.

중앙정보부의 서슬 퍼런 권력은 박정하를 지탱해 주는 힘이기도 했다.

"반공법은 귀에 걸면 귀걸이고, 코에 걸면 코걸이입니다. 정부에 반대하는 모든 행위를 처벌할 수 있는 지독한 악법인 거지요. 그리고 그 악법을 이용해서 중앙정보부는 야당과 학생, 언론인 등을 잡아들이고 있습니다. 이건 잘못된 일이고, 역사가 심판할 겁니다."

차준후가 서슴없이 반공법과 중앙정보부를 비판했다.

군사정부가 당초 혁명 공약에서 부정부패 일소를 내세웠지만 전 정권보다 빠르게 썩어 갔다.

"그리고 중앙정보부가 대한증권 거래소를 장악하려 한다는 이야기도 들었습니다."

스카이 포레스트 덕분에 대한민국의 경제는 크게 활성화되었다. 그리고 많은 기업이 전보다 이익을 내기 시작하며 대한증권 거래소에는 적잖은 돈이 오가게 되었다.

이러한 대한증권 거래소를 일개 기관이 장악한다는 심각한 문제였다.

"대한증권 거래소를 장악해, 주가 조작을 벌이는 게 목적이라고 하더군요."

중앙정보부는 중앙정보부장이자 박정하의 조카사위인 김종팔의 주도하에 비밀리 창당을 준비하고 있었는데, 당연히 박정하를 대통령으로 밀기 위함이었다.

그러나 이를 위해서는 막대한 정치 자금이 필요했고, 그래서 중앙정보부는 은밀하게 대한증권 거래소 장악 계획을 추진하고 있었다.

SF 축구단

 증권계에서 이름난 투기꾼과 결탁하여 증권사를 설립 후 사실상 증권거래소를 장악하여 주가를 조작한다는 계획이었다.
 이 사건으로 무려 5300명이 넘는 사람들이 약 138억 6천만 환이라는 엄청난 손해를 보았고, 감당할 수 없는 손해를 본 이들 가운데에는 목숨을 끊은 사람까지 나왔다.
 또한 이 사건 탓에 시장 경제가 휘청이며 대한민국은 인플레이션까지 겪게 된다.
 그런데 이들의 주가 조작을 증명할 수 있는 물적 증거가 남아 있지 않은 탓에, 결국 의혹만 남은 채 무혐의로 종결되는 사건이었다.
 "그렇습니까?"

박정하의 얼굴이 붉게 상기됐다.

김종팔이 대한증권 거래소를 장악해, 주가 조작을 벌여 정치 자금을 마련하려는 계획을 추진 중이라는 건 이미 박정하도 알고 있는 사실이었다.

이른바 김종팔이 깃털이라면 박정하는 몸통인 것이다.

이 과정에서 각종 불법적인 일이 자행되고 있었지만, 그는 자신이 대통령이 되기 위해서 대한증권 거래소 장악을 눈감아 주고 있었다.

혹시 차준후가 그 사실까지 알고 있을까 박정하는 민망함을 감추지 못했다.

"주가 조각 같은 행위를 벌인다면, 그 피해는 기업들뿐만 아니라 전 국민들에게 돌아갈 겁니다. 그리고 이는 역사에 지워지지 않는 치부로 남게 될 테죠."

차준후는 증권파동을 비롯한 4대 의혹 사건을 그대로 좌시하지 않을 생각이었다.

4대 의혹 사건은 증권파동, 워커힐 사건, 새나라자동차 사건, 파칭코 사건을 가리킨다. 그리고 이 사업들에 하나같이 중앙정보부가 깊숙하게 관여되어 있었다.

부정부패 일소를 내세운 군사정부는 너무나도 빠르게 부패하고 있었다. 일각에서는 전 정권보다 더욱 부패한 '구악 뺨치는 신악'이라는 여론까지 나오게 된다.

대한민국을 새롭게 바꾸려 노력하고 있는 차준후가 민

정을 어지럽히는 이런 부정부패를 초기부터 뿌리 뽑으려고 하였다.

"음! 그런 소식을 들으셨다니 알아보겠습니다."

박정하는 김종팔에게 작전을 중단하라고 지시하기로 마음먹었다. 누군가에게 발각된 작전을 그대로 강행할 수는 없었다.

'경제 쪽으로는 차준후 대표의 시선을 피해 갈 수가 없겠구나.'

중앙정보부 내에서도 일부에게만 공유된 비밀 공작이 있었는데, 그것을 차준후가 파악하고 있다는 사실에 박정하는 내심 깜짝 놀랐다.

대한민국 경제는 모두 차준후의 시선에서 벗어날 수 없음을 절실히 깨달았다.

"아, 일본과의 협상은 어떻게 진행되고 있습니까?"

머쓱해하는 박정하를 보면서 차준후가 말머리를 돌렸다.

'이제 증권파동은 일어나지 않을 것처럼 보이네. 다행이다.'

군사정부의 엄청난 부정부패 가운데 하나를 없애버린 것이다. 증권파동에 휩쓸려 눈물을 흘리고, 자살까지 하는 사람들은 이제 역사에서 사라졌다.

"허어! 차준후 대표의 소식은 정말 빠르군요. 국민들의 정서 때문에 일본과의 협상은 정말 조용히 추진하고 있었는데 말입니다."

"미국 쪽을 통해 들었습니다."

"아! 그렇다면 이해가 되는군요."

박정하가 고개를 끄덕였다.

중앙정보부장 김종팔이 한일회담을 위해 조만간 일본으로 은밀히 출국할 예정이었다.

미국은 대한민국과 일본이 이제 그만 불편한 관계를 끝내고, 정식 수교를 맺길 계속해서 요구해 오고 있었다.

공산 진영과 인접한 국가인 대한민국과 일본이 관계를 정상화하여, 합심해서 공산 세력을 견제해 주길 바라기 때문이었다.

그에 대한민국은 마지못해 일본과의 회담 자리를 갖게 되었다.

물론 경제 개발을 위한 재원 조달에 힘들어하고 있는 군사정부로서도 아주 나쁜 이야기는 아니었다.

군사정부에서 계획 중인 경제 개발 사업들은 하나같이 막대한 돈을 필요로 했고, 일본에게 배상금을 받아낸다면 그를 활용하여 지금껏 지지부진했던 사업들을 추진하는 게 가능했다.

"조만간 중정부장이 일본으로 넘어갈 겁니다."

"그렇군요."

원 역사에서는 1961년 12월에 김종팔이 일본으로 넘어갔다. 시기적으로 약간의 차이가 있긴 하지만, 원 역사와 크게 바뀌진 않은 듯했다.

"제가 참견을 해도 될지 모르겠지만 개인적으로 한일 국교 정상화는 조속하게 해결하기보다는 꼼꼼하게 따져야 한다고 생각합니다."

"차준후 대표가 참견하지 않는다면 누가 할 수 있겠습니까? 경청할 테니까 편하게 말씀하세요."

"한일 국교 정상화는 미국이 작정하고 밀어붙이는 정책이고, 또 시대적 흐름을 거스를 수도 없습니다."

"맞는 말씀입니다. 일본과 국교를 수교하라고 미국에서 자꾸 압박을 하고 있어요."

미국은 공산 위협에 대한 대항으로 대한민국과 일본의 결속을 추진하고 있었다.

막거나 거스를 수 있는 일이 아니었다.

"결국은 일본과 국교를 수립하게 되겠지만, 무리해서 서두를 필요는 없습니다. 그 과정에서 발생하는 문제가 있거나 필요한 도움이 있다면 스카이 포레스트가 돕겠습니다."

차준후는 원 역사에서 한일회담을 통해 체결된 한일기본조약에 대해 안타깝게 생각하고 있었다.

성급하게 체결된 한일기본조약은 일본에게 면죄부를 쥐

여 주었고, 그 탓에 대한민국은 먼 미래까지 위안부 배상과 어업 문제, 독도 등 다양한 문제에서 갈등을 겪게 된다.

원 역사에서는 대한민국이 자체적으로 경제 개발을 추진할 만한 자본이 없었기에 어쩔 수 없이 내린 선택이었을 수도 있겠지만, 이제는 그럴 필요가 없었다.

차준후는 대한민국을 위해 얼마든 투자할 의향이 있었고, 그러기에 충분한 외화를 미국에서 벌어들이고 있었다.

"차준후 대표의 말씀을 새겨듣겠습니다. 일본과 졸속으로 협정을 체결하지 않겠습니다."

박정하는 미국의 압박이 있더라도 꼼꼼히 살펴보겠다고 다짐했다.

차준후가 지원을 해 준다고 하니 든든했다.

그로서도 그저 경제 개발 사업을 추진할 자금이 부족해서 그랬던 것뿐이지, 스카이 포레스트의 지원으로 여력만 충분해진다면 조급하게 일본과 조약을 체결할 이유가 없었다.

"이렇게 차준후 대표와 이야기를 하니 불편하고 답답한 마음이 뻥 뚫리는 느낌입니다."

박정하가 웃었다.

시원하다!

상쾌하다!

가슴이 뜨끔한 이야기도 있었지만, 그조차도 좋았다.

그동안 자신에게 쓴소리를 해 주는 이가 없던 탓에 그냥 하고 싶은 대로 일을 벌여 왔는데, 덕분에 뒤를 돌아볼 수 있는 계기가 되었다.

"앞으로도 많은 도움을 부탁합니다."

"대한민국의 발전에 도움이 된다면 기꺼이 돕겠습니다."

자신의 이야기를 경청하고 있는 박정하를 보면서 차준후는 큰 강을 건넌 기분이었다. 이야기를 하는 내내 얼마나 심장이 두근거렸는지 모른다.

박정하가 숨기고 있던 치부를 끄집어내고, 그가 하려던 일에 사사건건 시비를 거는 것처럼 보일 수도 있는 일이었기에 조마조마하지 않을 수 없었다.

솔직히 말해서 다시는 이런 경험을 하고 싶지 않았다.

그러나 차준후는 이것이 자신밖에 할 수 없는 일임을 잘 알고 있었다.

대한민국을 바꿔 나가기 위해서 앞으로도 박정하가 잘못된 판단을 내리지 않도록 조언하는 동시에, 경제적인 도움을 아낌없이 줄 작정이었다.

차 안에서의 두 사람의 대화가 길어졌다.

운전자가 천천히 차를 움직였지만 어느덧 식당 앞에 도착했다.

* * *

스카이 포레스트는 대한민국의 다양한 사업에 발을 담그고 있었다. 이제 대한민국에서 움직이는 자금의 상당 부분은 스카이 포레스트와 얽혀 있다고 해도 과언이 아니었다.

그런데 이것은 스카이 포레스트가 벌어들이는 이익에 일부분에 그치지 않았다.

아무래도 경제 규모가 작은 대한민국보다는 미국을 비롯한 유럽 등지에서 발생하는 매출 규모가 훨씬 거대했다.

울산공업단지와 경부고속도로 등 굵직굵직한 사업에 엄청난 자금이 지출됐지만, 스카이 포레스트에 문제가 생기는 일은 없었다.

아무래도 한꺼번에 자금이 들어가는 것이 아니라, 순차적으로 사업비가 투입되는 덕분에 더더욱 그러했다.

오히려 그렇게 사업비가 투입되는 것보다 스카이 포레스트가 나날이 벌어들이고 있는 매출이 훨씬 컸기에 스카이 포레스트의 현금은 계속 쌓여 나갔다.

그리고 차준후는 그렇게 쌓인 현금을 다시 사회에 환원하며 대한민국의 발전을 이끌기 위해 노력했다. 이미 돈이라면 차고 넘칠 만큼 벌었기에 이렇게 나라를 위해 쓰는 것에 큰 보람을 느꼈다.

그러던 어느 날, 육군 특무부대 축구단의 단장을 맡고 있는 백인종이라는 인물이 차준후를 찾아왔다.

"큰 부탁을 하나 드리려고 합니다."

차준후는 의아한 표정을 지었다.

육군 축구단의 단장이 왜 자신을 찾아왔을까?

"1962년에 인도네시아 하계 아시안게임이 예정되어 있는데, 축구 국가대표팀에 대한 지원이 부족한 실정입니다. 선수들이 지원을 받지 못한 탓에 대회를 앞두고도 제대로 연습을 하지 못하고 있습니다. 그래서 말인데, 혹시 후원을 해 주실 수 없을까 해서 이렇게 찾아왔습니다."

백인종은 뛰어난 재능을 지닌 젊은 후배들이 그 재능을 마음껏 발휘하지 못한다는 사실을 항상 안타깝게 생각했다.

자신이 이렇게 허리를 굽히고 다니는 것으로 후배들이 조금 더 나은 환경에서 운동을 할 수 있다면 얼마든지 고개를 숙일 수 있었다.

"음! 칠레 월드컵 본선 진출은 실패했지요? 아쉬운 일입니다."

차준후는 신문을 통해 축구대표팀이 칠레 월드컵 예선에서 탈락했다는 사실을 알고 있었다.

"선수들의 실력은 뛰어납니다. 조금만 후원을 해 주신다면 분명 좋은 결과를 낼 수 있을 겁니다."

백인종이 안타까워했다.

대한민국은 플레이오프에 진출해서 월드컵 본선까지 딱 한 발만 남겨 둔 상태였다. 그러나 유고슬라비아와의 경기에서 패배하여 본선 진출이 좌절되고 말았다.

만약 조금만 더 좋은 환경에서 훈련을 할 수 있었다면 유고슬라비아 대표팀까지 이기고 본선에 올라갈 수 있지 않았을까 하는 미련이 계속 맴돌았다.

"국가대표팀을 후원해 드리면 되겠습니까?"

"아, 예! 그래 주시면 감사할 따름이죠!"

"알겠습니다. 자세한 이야기는 비서실을 통해 전달드리죠."

차준후는 길게 고민하지 않고 흔쾌히 승낙했다.

"정말이십니까?"

백인종이 반색했다.

부탁을 하긴 했지만 이렇게 쉽게 승낙받을 줄은 전혀 예상치 못한 그였다.

"이왕 후원을 하는 김에 실업축구단도 하나 창단해 보는 것도 재밌겠네요."

1960년대 사람들에게는 문화적으로 즐길 유흥거리가 많지 않았다. 이번 기회에 축구에 투자를 하면 어떨까 싶었다.

축구는 충분히 사람들을 즐겁게 만들어 줄 스포츠였다.

"음...... 그러면 홈구장으로 쓸 축구 전용 구장도 하나 만들어야겠네요."

무엇이든 시작하면 최고를 목표로 하는 차준후의 버릇이 이번에도 발동했다.

대한민국에 축구 경기만을 위한 전용 경기장이 생기는 건 무려 1990년에 이르러서였다. 축구 경기만으로 경기장을 운영하기엔 운영비를 감당할 수 없는 탓이었다.

그래서 1990년 이전까지는 모든 경기가 종합운동장에서 치러졌다.

"축구 전용 경기장이라고요?"

백인종이 화들짝 놀랐다.

지금 제대로 들은 것이 맞을까?

축구 전용 경기장은 축구인들에게 있어 꿈이나 마찬가지였다.

그동안 관중석이 경기장과 딱 붙어 있어서 관중들이 조금이라도 더 생동감 있게 경기를 볼 수 있는 유럽의 축구 전용 경기장을 얼마나 많이 부러워했는지 모른다.

그런데 그런 전용 경기장을 짓겠다고 지금 차준후가 말하고 있었다. 분명히 들었는데, 너무나도 믿기지 않아서 반문하고 말았다.

"축구는 전용 경기장에서 관람해야 제대로 된 재미를 즐길 수 있지요."

차준후는 대한민국의 스포츠 문화를 살리고 키우기 위해 적잖은 돈을 쏟아부을 작정이었다.

이 당시 축구는 인기에 비해 규모가 굉장히 작았고, 1961년도에는 축구단 자체가 손에 꼽을 정도로 적었다.

이렇게 침체된 분위기에 활기를 불어넣기 위해서는 우선 돈을 쏟아부을 필요가 있었다.

"아, 대회도 열면 좋겠네요."

"예? 대회요?"

"반응이 괜찮다면 일종의 정기 리그처럼 봄과 가을에 매년 두 차례 개최하면 어떨까 싶네요."

지금 대한민국에는 제대로 된 전국 규모의 정규 리그가 없었다.

훗날 1964년에 이르러 한국실업축구연맹의 주도로 개최되는 전국실업축구연맹전이 대한민국 최초의 축구 리그라고 볼 수 있었다.

그렇기에 차준후는 스카이 포레스트에서 직접 전국실업축구연맹전을 개최해 볼 생각이었다.

"……."

백인종은 너무나도 빠르게 진행되는 이야기에 정신이 없었다.

무슨 계획이 이렇게 휙휙 진행되는 것일까.

스카이 포레스트의 사업이 번갯불에 콩 볶아 먹는 식으

로 빠르게 진행된다는 건 들었다.
 그런데 축구단 창단과 전용 경기장, 정규 리그까지 3연타로 연달아서 듣다 보니 정신이 멍해지고 말았다.

* * *

 스카이 포레스트의 실업축구단 창단 이야기가 신문 기사로 보도됐다. 이에 축구를 비롯한 스포츠계가 크게 반색하고 나섰다.

「스카이 포레스트. 축구단 창단!」
「축구 전용 경기장을 짓겠다는 차준후 대표.」
「대현그룹. 축구 실업팀 창단한다.」
「성섬그룹도 축구단 창단을 고심하고 있다.」

 스카이 포레스트의 축구단 창단과 전용 경기장 이야기가 대한민국을 들썩거리게 만들었다. 스카이 포레스트가 나서자 대현과 성삼까지 축구단을 창단하겠다는 움직임을 보이고 있었다.
 "들었어?"
 "제대로 물어봐라. 그렇게 이야기하면 누가 알아듣겠냐?"

"너 평소에 축구에 관심이 많잖아. 이번에 스카이 포레스트가 축구단을 만든단다."

"정말이야?"

"내가 너에게 헛소리를 하겠냐?"

"너무 많이 들었지."

"이번에는 진짜다. 기사로 나왔어. 봐라."

"진짜네. 감사합니다, 차준후 대표님. 정규 리그까지 만들고, 당신이 대한민국 축구를 부흥시켜 주는군요."

스카이 포레스트에서 전국실업축구연맹전을 개최하겠다는 기사 내용이었다.

상금 규모가 엄청났다. 지금껏 대한민국에 없었던 상금 규모였다.

엄청난 상금으로 평소 축구를 좋아하는 사람들이 반색하고 나섰다.

축구에만 전념하기엔 생계를 유지하기 힘든 탓에 직장생활을 하며 연습을 하는 선수들의 암담한 현실에, 수많은 축구팬들은 안타까워하고 있었다.

그런데 전국실업축구연맹전에서 주어지는 상금은 하던 일을 그만두고 연습에만 전념해도 충분할 만큼 엄청난 액수였다.

"스카이 포레스트가 축구단을 창단하니까, 대현과 성삼도 한다고 하네."

"요즘 두 기업이 스카이 포레스트에 잘 보이고 싶어서 안달이잖아."

"그렇기는 하지. 스카이 포레스트가 워낙 큰 건설 사업들을 진행하고 있잖냐. 스카이 포레스트에게서 받아먹은 떡고물만으로 축구단을 열 개는 만들고도 남겠다."

스카이 포레스트 축구단은 기사가 보도되고 얼마 지나지 않아, 빠르게 창단이 진행됐다.

차준후는 우선 감독으로 백인종을 선임했다.

자신에겐 아무런 이득도 없음에도 후배들을 위해 허리를 굽히고 다닌 점이 마음에 들기도 했고, 비서실에서 조사한 바에 따르면 능력도 꽤나 출중하다는 평가였기에 내린 결정이었다.

이후 백인종에게 추천을 받거나, 공개 모집을 하는 방식으로 선수들 또한 영입했다.

스카이 포레스트 축구단은 실업팀을 표방했지만, 축구에만 전념할 수 있을 만큼 충분한 연봉 계약을 체결하며 실상은 프로팀에 가까운 모습을 갖춰 나갔다.

"이번에 개최되는 전국실업축구연맹전은 차준후 대표님께서 직접 개최하시는 대회다. 첫 우승만큼은 다른 팀에 넘길 수 없는 일이야. 모두 알고 있지?"

"물론입니다."

"차준후 대표님을 위해서 꼭 우승할 겁니다."

"그리고 대표님께서 우승을 하면, 우승 상금과 똑같은 금액을 보너스로 지급하겠다고 약속하셨다."

"와아아아!"

"꼭 우승하겠습니다!"

선수와 코치들이 환호성을 터트렸다.

그렇지 않아도 엄청난 액수의 우승 상금인데, 그만큼을 보너스로 더 주겠다고?

이건 꼭 우승을 해야만 했다.

우승 한 번으로 지금껏 그들이 모은 전 재산보다 많은 액수를 벌어들일 수 있는 수준이었다.

그야말로 인생을 역전할 수 있는 기회였다.

"대표님께서 오직 축구에만 집중할 수 있게 해 주셨다. 그런데도 우승을 하지 못한다면 그건 감독인 나와 선수들인 너희들의 커다란 잘못이다. 무조건 우승을 해야만 한다."

백인종의 뇌리에는 우승밖에 없었다. 준우승도 성에 차지 않았다.

우승을 하지 못하며 대표님 앞에서 고개를 들지 못하리라!

"우리는 무조건 우승입니다."

"훈련을 시켜 주십시오."

"좋다! 훈련하자!"

SF 축구단의 감독, 코치, 선수들이 똘똘 뭉쳐 우승을 위해 노력했다. 아침부터 밤늦게까지 그들의 훈련이 계속됐다.

* * *

　SF 축구단의 첫 공식 경기는 1961년 겨울에 개최된 전국실업축구연맹전에서 치러졌다.
　상대는 대현축구단이었다.
　"SF 축구단! 이겨라. SF 축구단! 이겨라."
　"대현 축구단! 승리한다! 오늘의 승리는 대현 축구단의 것이다."
　첫 번째 경기부터 종합경기장은 사람들로 가득 찼다.
　두 회사의 직원들은 응원단을 조직했다.
　"대현! 승리! 대현! 승리!"
　대현그룹에서는 일주일 동안 자발적으로 모여서 응원 연습을 했고, 하나로 일치된 응원의 모습을 보여 줬다.
　그리고 두 팀의 응원단 외에도 경기장을 찾은 수많은 관중들의 응원도 선수들에게 힘을 불어넣어 줬다.
　다만 대현 축구단보다 SF 축구단을 응원하는 목소리가 더 컸는데, 아무래도 스카이 포레스트에 대한 국민들의 사랑이 더욱 큰 탓이었다.

경기장의 분위기가 후끈 달아올랐다.
"풋핫! 우리 대현이 악당이 된 느낌이구려."
정영주가 푸념을 늘어놓았다.
그의 옆에는 차준후가 앉아 있었다.
"그 정도는 아니고요."
"우리 대현 직원들을 동원하지 않았다면 일방적인 응원 때문에 많이 곤란할 뻔했소이다. 이건 해도 너무한 것 아니오?"
"경기는 팽팽하군요."
차준후는 정영주의 앓는 소리를 뒤로한 채 경기 관람에 집중했다.
두 팀의 경기는 치열했다. 어느 팀도 득점을 하지 못한 채 팽팽하게 경기가 이어졌다.
아무래도 두 팀 모두 조직된 지 얼마 되지 않은 탓에, 선수들끼리 손발이 맞지 않는 등 조직력 측면에서 아쉬운 면모가 드러났다.
"우리 대현이 이길 거외다. 이왕에 이렇게 된 거, 내기라도 하지 않겠소?"
"무슨 내기 말입니까?"
"이기는 쪽의 소원을 들어주는 것이오."
"저는 대현에 원하는 소원이 없습니다."
"재미로 하는 것이잖소."

"순수하고 경건해야 할 스포츠를 두고 내기라니요. 생각 없습니다."

차준후가 선을 그었다. 재미로라도 정영주와 내기를 하고 싶지 않았다.

저 음흉한 정영주와 내기를 했다가 패배한다면?

좋지 않은 일이 벌어질 것 같은 예감이 크게 들었다.

"에잉! 사람이 재미가 없다니까. 그러지 말고 재미로 해 봅시다."

정영주가 계속해서 내기하자고 졸랐다.

"우와아아아! 와아아아!"

"대현이 골을 넣었다."

"잘했다, 잘했어!"

골을 기록한 대현 축구단 선수들이 축구장을 누비며 세리머니를 했고, 대현그룹 응원단의 함성이 경기장을 뒤흔들었다.

"우리 새끼들! 잘했다!"

정영주가 주먹을 불끈 쥐고 환호했다.

그림 같은 중거리 슛이었다.

SF 축구단의 골키퍼는 빨랫줄처럼 쭉 뻗은 공에 반응조차 하지 못한 채 골을 내주고 말았다.

"멋진 골이지 않소?"

"멋있었습니다."

"전국실업축구연맹전의 첫 골은 영원히 우리 대현 축구단의 것이구려."

정영주가 흐뭇하게 웃었다.

처음이란 가치는 결코 낮지 않았다. 이제 저 첫 골을 넣은 선수는 영원히 대한민국 축구 역사에 남는다. 그런 선수가 바로 대현그룹의 소속이었다.

기분이 좋았다.

차준후를 상대로 단 한 번도 이겼다는 느낌을 받지 못했는데, 축구에서는 이길 수도 있다는 희망이 생겼다. 이 기분이 나쁘지 않았다.

"그렇군요. 축하합니다."

차준후가 순수하게 축하해 줬다.

경기는 원래 라이벌이 있어야 재미있지 않은가. SF 축구단과 어울리는 경쟁팀이 있다는 사실이 즐거웠다.

대현그룹에서도 축구단을 위해서 적잖은 자금을 투입한 것이 분명했다.

많은 전문가들은 SF 축구단이 일방적으로 우승을 할 가능성이 높다고 평가했다. 스카이 포레스트가 축구단에 가장 많은 돈을 투자했기 때문이었다.

"축구는 돈만으로 우승을 살 수 있는 것이 아니지요."

대현 축구단은 SF 축구단에 비해서 언더독이었다.

그러나 SF 축구단을 충분히 물어뜯을 수 있는 실력을

겸비하고 있었다.

대현 축구단은 첫 경기에서부터 좋은 실력을 선보이고 있었다. 혹독한 훈련을 통해 조직적으로 잘 들어맞으면서 강팀으로 거듭난 것이었다.

"경기는 끝날 때까지 끝난 것이 아니지요. 이제 전반전이 진행되고 있을 뿐입니다. 끝날 때 어느 팀이 승리했는지 정해지는 겁니다."

"후후후후! 지켜봅시다. 그런 마음가짐이라면 내기라도 하시겠소이까? 첫 골은 없는 걸로 치고 내기를 할 수도 있소이다."

실점을 한 SF 축구단은 공격적으로 나섰다.

"공격해! 죽을 각오로 달려! 첫 경기의 승리를 차준후 대표님에게 안겨 드려야 한다!"

백인종이 고래고래 소리 질렀다.

"대표님에게 첫 승리를 보여 드리자!"

"정신 차려. 우리는 할 수 있어!"

"바쁘신 대표님께서 직접 경기를 관람하러 오셨다. 승리하자!"

첫 경기에 부담감을 가지고 있던 선수들이 미친 듯이 달리기 시작했다. 전술적으로 들어맞지 않던 부분이 착착 맞아떨어졌다.

"와아아아! 동점 골이다."

"잘했다."

SF 축구단이 곧바로 동점 골을 넣으며 따라붙었다.

"동점 골입니다."

차준후가 웃으며 이야기했다.

"그래도 첫 골은 아니잖소. 첫 골보다는 가치가 작지요."

잔뜩 상기되어 있던 정영주의 표정이 구겨졌다.

경기는 팽팽하게 시소게임처럼 진행되며 점점 재미있어졌다. 한 팀이 골을 넣으면 다시 상대 팀에서 동점 골을 넣어서 따라붙었다.

그리고 그렇게 치열하게 이어진 접전 끝에, 결국 전국실업축구연맹전 첫 경기는 3:2로 SF 축구단이 승리했다.

"첫 경기 승자는 SF 축구단이군요. 역사에 남을 승리이지요. 첫 골보다는 승자를 더 많이 기억하지 않겠습니까?"

차준후가 아까 전에 정영주가 했던 말을 고스란히 돌려줬다. 아무래도 마음속에 앙금이 남아 있었던 모양이었다.

"끄응!"

말로 주고 되로 받은 정영주가 앓는 소리를 내뱉었다.

역시 함부로 심기를 긁으면 안 되는 사내가 바로 차준후였다.

내기를 했었다면 된통 당할 뻔했다.

이후로도 SF 축구단은 파죽지세로 승리를 이어 나가며 1등의 위치를 공고하게 다져 갔다.

그리고 그 바로 뒤를 대현 축구단과 성삼 축구단이 바짝 따라붙었다.

대현과 성삼의 라이벌 의식은 여기서도 엄청났다.

다른 팀에게는 져도 어쩔 수 없지만, 서로에게만큼은 패배해서는 안 된다는 정영주과 이철병의 엄명이 떨어졌다. 대신, 이겼을 때는 화끈한 보너스를 약속하며 선수들의 열의를 불러일으켰다.

그렇게 스카이 포레스트, 대현, 성삼의 축구단이 삼강이라는 평가를 받으며 우승권을 형성했다.

다른 실업팀들은 여전히 선수들이 훈련에만 집중할 수 없는 반면, 이번에 새로이 창단된 세 팀은 사실상 프로축구단이나 마찬가지였기에 차이가 벌어질 수밖에 없었다.

(내가 제일 잘나가는 재벌이다 17권에서 계속)

환상이 숨쉬는 공간 파피루스 blog.naver.com/gnpdl7

서생, 제갈현몽은 꿈을 꾸었다
무와 협이 아닌, 마법과 모험이 공존하는 신세계를!

『무림 속 마법사로 사는 법』

제갈세가 방계 중의 방계로서
표국의 문사로 일하던 제갈현몽

꿈에서 깸과 동시에 마법을 깨우치고
비범한 활약을 통해 명성을 떨치며
감당하기 힘든 별호를 얻게 되는데

"무후재림께서 오셨다! 무후재림 만세!"
"앗……아아……."

세상은 영웅을 원하고, 출사표는 던져졌다
고금제일의 마법사, 제갈현몽의 행보를 주목하라!

무림속 마법사로 사는 법

김형규 신무협 장편소설